密命はみだし新番士1

十五歳の将軍

JN154188

氷月 葵

時代小説

二見時代小説文庫

目次

密命　はみだし新番士１——十五歳の将軍

第一章　殺意の疑惑

一

上野《うえの》の山の坂道を、一行はゆっくりと上り始めた。
将軍徳川家治《とくがわいえはる》の世嗣《せいし》である家斉《いえなり》の行列だ。
天明《てんめい》六年（一七八六）六月二十四日。
一行には、周囲の木々のあいだから、夏の日差しが降り注いでいる。
坂道は、山全体を境内とする寛永寺《かんえいじ》の参道だ。
寛永寺には、徳川家の墓所がある。
家斉は毎月二十四日に、その墓所を参拝に訪れる。
その日は、先の世嗣家基《いえもと》の月命日だからだ。

家斉の斜め後ろに、不二倉壱之介《ふじくらいちのすけ》は付き従っていた。

将軍や世嗣の警護を役目とする新番組《しんばんぐみ》の見習い新番士だ。

十七歳の壱之介は、十四歳の家斉の背中を見つつ、辺《あた》りにも目を配る。

広い参道の両脇には、人々が控え、頭を下げている。寛永寺には参拝者も多いが、地方から訪れる物見遊山《ものみゆさん》の者らもまた多い。

将軍世嗣の行列と知って、わざわざ見に来る者もいる。

山には寺侍《てらざむらい》である山同心《やまどうしん》もいるが、町人が騒ぎを起こさぬよう、町奉行所の同心も見張りに来ていた。

壱之介は目で人々の姿をとらえながら、ゆっくりと坂を上って行く。

右上から人の声が聞こえてくる。参道の右側はさらに高くなっており、上には清水《きよみず》堂《どう》の堂宇《どうう》もあるからだ。

はっ、と壱之介はその目を右上に向けた。

上から、音が鳴った。

同時に男の声が上がった。

家斉が息を吞んで、足を止める。

木になにかがぶつかる音が響いた。

清水堂に続く階段から、足音も鳴った。
家斉は、顔を強ばらせてあとずさる。それをたちまちに新番士らが囲んだ。
壱之介は刀の柄《つか》に手をかけ、階段へと身体を向けた。
木々のあいだから、なにかが飛び出した。
地面に落ちて、跳《は》ねる。
鞠《まり》だ。
階段を駆け下りて、男も飛び出した。町人だ。
ひゃっ、と声を上げて男は足を止めた。
一行の武士らは、皆、刀に手をかけている。
あわわ、と口を震わせながら、男は立ち尽くす。
「何者」
山同心が駆け出してきた。
走りながら刀を抜き、男の前に切っ先を向けた。
うわぁ、と男は腰を落とし、膝をついた。
すす、すす、と声を震わせながら、地面に額をつける。
「す、すいやせん、鞠が落ちて……」

壱之介の足元に鞠が転がってきた。柄から手を離して、鞠を拾い上げ、背後の一行を振り向いた。

家斉は顔を強ばらせたままで、新番士らも厳しい目つきを町人に注いでいる。

「その者、懐《ふところ》を調べろ」

新番士の組頭から上がった声に、一人の新番士が走り出た。

町人の肩をつかんで上体を上げさせると、懐に手を入れた。

「あっ」新番士がその手を出す。

「匕首《あいくち》を呑んでました」

新番士の手が、匕首の白い鞘《さや》を掲《かか》げる。

「こやつ」

新番士らが進み出た。

山同心も切っ先を近づける。

町人が顔を青くして、手を振る。

「や、そ、それはいつも……よよ、用心に……」

「黙れ」組頭が進み出た。

「用心など、誰もがするいいわけ……」

そこに、小さな足音が鳴った。

「おとっつぁん」

高い声も上がる。

父を呼びながら階段を下りてきたのは、少女だった。

その足は、下りた場所で止まった。立ちすくむと、まん丸になった目で行列を見た。大きく開けた口が震えている。

「お、おちよ」

膝をついた父が、震える腕を伸ばした。

「おとっつぁん」

気づいたおちよが、父に駆け寄ってしがみつく。

大声で泣き出す少女の顔を、壱之介は横目で窺《うかが》う。顔を真っ赤にして、泣きじゃくっている。

壱之介は目を周囲にも向けた。

張り詰めていた辺りの気が、弛《ゆる》み始めたのがわかった。

「その者、こちらで預かろう」

山同心が進み出て、切っ先を向ける。

「いや」新番士の組頭が首を振った。

「こちらで吟味《ぎんみ》いたす」

え、あ、と町人は双方を見上げて顔を引きつらせている。

「お待ちください」

そこに黒羽織が飛び出して来た。羽織の裾《すそ》を帯に挟んで短くしている。町奉行所の定町廻《じようまちまわ》りの装いだ。

町同心は十手《じつて》を手にして、町人に向けた。

「町人の取り締まりは、我ら町奉行所の役目。番屋に引っ立てて、わたしが吟味します」

む、と山同心と組頭の口が閉じた。が、反論は出ない。

「さあ、立て」

町同心は腰を落として町人の顔を覗き込む。が、町人は動こうとしない。

町同心はふっと苦笑を漏らすと、男の帯の結び目をつかんで引っ張り上げた。

「腰が抜けたか」

男にしがみついていた少女も、つられて立った。

「あとはお任せを」

男の帯をつかんだまま、町同心は一行を見渡した。

山同心が刀を納め、新番士らも目顔で頷き合う。

「しっかりと吟味いたせよ」

組頭の言葉に、「はっ」と同心は頷き、さあ、と男の腰を押した。

親子と町同心が歩き出す。

それを見ていた壱之介は、はっと己の手に気づいて、走り出した。

「お待ちを」

振り向いた町同心に、壱之介は持っていた鞠を差し出した。

「これを子に……」言いかけて、新番士らの目に気づいて、声を高めた。

「いや、これも吟味なされたほうが……」

「おお、そうですな」町同心は鞠を受け取ると、少女に差し出した。

「そら、これも調べるゆえ、持って行くのだ」

少女は片腕で抱え込むと、赤くなった顔でまたしゃくり上げた。

「では」

町同心は男を押して歩き出す。

壱之介はそれを見送って振り返る。と、家斉の行列がすでに進み始めたことに気づいて、慌ててそのあとを追った。

廟所《びょうしょ》の中へと入って行く家斉を見送って、お供の者らはそこに控えた。

新番士の列の最後で、壱之介はかしこまって立つ。見習いの壱之介は、一番年下だった。目だけを動かして、そっと新番士らを窺った。皆、神妙な面持ちで、前を見据えている。

家斉は今頃、家基の御霊屋《おたまや》に参っているはずだ。

壱之介の脳裏に父の顔が浮かび上がった。父は新番士として本丸の将軍警護の役に就いている。その父の新右衛門《しんえもん》は、壱之介が見習いとして西の丸に出仕する際、こう言った。

〈よいな、自分から家基様のお名を口にしてはならぬぞ。西の丸の新番士らは、皆、お世継ぎ様を守れなかったことを深く恥じているのだから〉

はい、と頷いて、それをずっと守ってきた。

前の世嗣家基が十八歳で逝去したのは、七年前だ。

家治の一人息子で、大切に育てられてきた家基は、鷹狩《たかが》りを好む活発な質《たち》だった。

あちらこちらへと場所を変え、鷹狩りに出かけていたある日、出かけた先で異変が起きた。にわかに体調を崩し、倒れたのだ。

急ぎ、城へと戻り手当を受けたが、そのまま息を引き取った。病は判明せず、命を奪った元凶は、わからずじまいだった。

壱之介は、その日、城から屋敷に戻ってきた父の顔を思い出していた。

深く刻まれた眉間《みけん》の皺を動かし、口からは掠《かす》れ声が漏れた。

〈大変なことが……大納言《だいなごん》様が、亡くなられた〉

壱之介は首をかしげたことも思い出す。

大納言がお世継ぎ様のことだというのはわかっていた。権大納言《ごんのだいなごん》という官位のため、そう呼ばれていたからだ。しかし、若く壮健だと聞いていたその人と、亡くなられたという言葉が結びつかなかった。

それが納得できたのは、城から寛永寺へと向かう葬列を見たときだった。

そして、見送る人垣の中で、周囲から洩れるささやき声を聞いた。

〈大納言様は毒を盛られたらしいぞ〉

その言葉が耳の奥で揺れ、壱之介は小さく頭を振った。

ふうっと息を吐いて、壱之介は顔を空に向ける。

そこに、声が上がった。

組頭が、皆に顔を向けていた。

「よいか、今日はこのあと、大納言様は根本中堂《こんぽんちゅうどう》にお寄りになられる。上様のご快《かい》癒《ゆ》を祈願なさるためだ。そのあとにお城に戻る。わかったな」

「はっ」

皆に続いて、壱之介もかしこまった。

そうか、と城の方角をちらりと見た。

将軍家治は近頃病がちだと、聞いてはいた。

壱之介は、背後に建つ根本中堂の大きな屋根を見上げた。

二

江戸城、西の丸。

新番士の詰所《つめしょ》で、番士らはそれぞれに過ごしていた。

書を読む者、碁を打つ者、将棋を指す者などさまざまだ。どれも皆、兵法を学ぶ、といういいわけがあった。

そこに小姓の梅垣明之《うめがきあきゆき》が、姿を現した。

「壱之介殿」

呼ばれた壱之介が書物から顔を上げると、梅垣は頷いた。

「大納言様がお呼びです」

「おう」と周囲から声が上がる。

「将棋のお相手だな」

はい、と壱之介は立ち上がる。

「行って参ります」

長い廊下を歩き出す。

その奥の座敷で、家斉が待っていた。

傍らには将棋盤が置かれている。

「まかり越しました」

廊下に膝をつく壱之介に、家斉は顔を向けた。

「入るがよい」

はっ、と壱之介は踏み入れ、将棋盤へと近寄った。

「いや」家斉は首を振る。

「今日は、将棋はよいのだ」

はぁ、と腰を下ろす壱之介に、

「近《ちこ》うに」

と、家斉は声を低くする。

はい、と膝行《しっこう》すると、家斉はうほん、と咳を払った。

数え十四歳の家斉は、声変わりが始まったところだ。その掠れがちの声で、言った。

「そなた、町に出てくれまいか」

「は、町に、ですか」

「うむ、先日、上野の山で、不審なる男がいたであろう。あの者、そして連れて行った町同心、どのような者か密かに探って来てほしい。あれ以降、どうなったか報告もなく、気になるのだ。もしや、揉み消されたのやもしれぬ」

「密かに……探索でございますか」壱之介はそっと唾を呑み込んだ。

「や、なれば御庭番《おにわばん》などにお命じになられては……」

「いや」家斉は首を振る。

「御庭番に命《めい》を下すことができるのは、将軍と老中のみだ。余にはまだ、そのような権限はない」

「はあ……されど、探索となると……わたしにかようなお役目が務まるかどうか……」

「そなた」家斉は顎を上げた。

「人の顔と名を一度で覚えるではないか」

「は、それは新番士たる者の心得と、幼き頃より教えられ……」

「うむ、よい心得だ。そなた、あの折、町同心の顔を見たであろう」

「はい、見ました」

「なれば、探し出すのは容易であろう」

「はあ……」

壱之介はできるだろうか、と自問した。

家斉は焦《じ》れたように、首を伸ばす。

「小姓や側衆を町に放つわけにはいかぬ。だが、新番士なれば、さほど忙しくもあるまい」

それは、と壱之介は苦笑をかみ殺した。主が城から外へと出る御成《おなり》の際には警護に就くが、そうでないときには、御殿の警護をするだけだ。確かに、さほど忙しいという役目ではない。

「はい、仰せのとおりかと」

頷く壱之介を、家斉は正面から見据えて、頷く。

壱之介は、その顔を見返した。近頃は、うっすらと口の周りに和毛《にこげ》のような髭《ひげ》も生え始めている。以前の幼かった頃の面立《おもだ》ちが甦ってきた。

壱之介が初めて対面したとき、家斉は九歳だった。家基亡きあと、城中で議論が重ねられ、世継ぎに選ばれたのだ。家斉という名も決まり、西の丸での暮らしが始まった。

年近い者を側に置こうということになり、十二歳の壱之介が選ばれた。小姓らはもう少し年上であったため、壱之介が武術の修練をともにし、遊び相手も務めた。壱之介は新番士としての鍛錬はすでに幼い頃から受けていたため、見習いとはいえ、警護の役目にも役立とう、と判断されたのだ。

以来、壱之介は家斉の側から離れたことはない。

身辺の世話などは小姓が行うが、壱之介はしばしば将棋の相手をし、西の丸を出る際には付き従ってきた。

「余は……」家斉が面持ちを歪めた。

「あの者、刺客《しかく》ではなかったかと思うのだ」

「刺客……」

壱之介は続いて喉を上がった、まさか、という言葉を呑み込んだ。

家斉の顔はさらに険しくなる。

「あの町同心とて、信用できるとは限らぬ。町人が襲撃に失敗したゆえ、連れ去ったのやもしれぬ。ほれ、そう考えれば、実に怪しいではないか」

家斉は唇を嚙みしめた。開いた口からの声を潜《ひそ》める。

「世継ぎを毒殺し、若年寄を城中で斬り殺させるやつだ、なにを企《たくら》んでもおかしくはない」

歯ぎしりが聞こえてきた。

そうか、と壱之介は腹の底で頷いた。あのお方を疑っているのだな……。

壱之介の脳裏に、二年前の出来事が甦った。本丸の畳と柱が、鮮血に染まった光景が目に焼き付いている。

斬り殺されたのは田沼意知《たぬまおきとも》、若年寄であり老中田沼意次《おきつぐ》の息子だった。

重臣らの通る座敷で、いきなり斬りつけられ、重傷を負った意知は、城のすぐ下にある父意次の屋敷に運ばれた。

斬った男は旗本の佐野善左衛門政言《さのぜんざえもんまさこと》だった。佐野は斬ったその場で取り押さえられ、小伝馬町《こでんまちょう》の牢屋敷に送られた。吟味を受けると、遺恨《いこん》があったゆえ、と言い続けた。

七日後、田沼意知は息を引き取り、佐野は若年寄殺害の罪で切腹を命じられたのだった。

が、騒動と同時に、噂が広まっていた。

佐野を操った黒幕がいるに違いない、と。吟味の場でもそれを疑い、誰に命じられたか白状せよ、と問い詰められた。が、佐野は己の遺恨のことしか話さず、黒幕についてはなにも明かされることがなかった。

城中や町で密かにささやかれた黒幕の名は、松平越中守定信《まつだいらえつちゅうのかみさだのぶ》だった。

その名を頭の中に浮かび上がらせながら、壱之介は家斉の顔を窺った。

紅潮させた頬は、歪んだままだ。

いずにしても、と壱之介は思う。このままでは、お気持ちが落ち着くことはあるまい……。

「わかりました」口を開いた。

「町に出て、調べて参ります。あの町同心を見つけ出せば、事は明らかになりましょう」

「うむ」家斉が目を見開く。

「他の者には頼めぬ。壱之介なれば、言えるのだ」

少年のような面持ちに変わって、家斉は壱之介の手首をつかんだ。

黙って頷く壱之介に、家斉はやっと面持ちを弛め、目顔で頷いた。

「新番の上役には話を通しておくゆえ、調べがつくまで出仕せずともよい。だが、命の内容は秘密にしておくゆえ、そなたも他言は無用だぞ」

「は、では、さっそく明日からでも」

「いや、今からだ。これから行って参れ」

は、と目を丸くする壱之介に、家斉は大きく頷く。

その目を見返して、

「はっ」壱之介は低頭した。

「では、行って参ります」

壱之介は立ち上がると、城の廊下を歩き出した。


日本橋《にほんばし》の道に立って、壱之介は大きく息を吸い込んだ。

左右を見渡し、行き交う人々や賑わう店先を見る。書肆《しょし》の軒先には色鮮やかな錦絵《にしきえ》が掲げられ、それを客らが覗き込んでいる。

先の将軍家重《いえしげ》から家治に受け継がれ、老中として重用《ちょうよう》されている田沼意次は、商いを重視し、世の景気を上げた。公儀の緊縮財政によって町には倹約令が出されてきたが、町の活気はさほど衰えていない。

壱之介はそんな町のようすを見て、目を細める。

町を歩くのは久しぶりだった。城に出仕しない非番の日には、剣術の修練や学問で一日が終わるため、遊びに出る暇などないのが長年の常だった。

まさか、お役目で町を歩けるとは……。そう思うと、口元が弛んでくる。が、いかん、と己で頰を打った。お役目、お役目、と言いながら、顔を引き締める。

さて、どうするか、と口中でつぶやくと、顎を撫でた。ふむ、まずは、あそこか……。己自身に頷いて、北へと向かって歩き出した。上野に続く道だ。

山に続く広小路で、壱之介は辺りを見回し、あった、とつぶやく。足を向けたのは自身番屋だ。

自身番屋は町が運営し、町人から選ばれた町役人が詰めている。科人《とがにん》などを留め置く鎖繫《くさりつな》ぎがあり、仮牢などを備えている番屋も少なくない。町奉行所の同心や与力《よりき》は、ここに立ち寄り、変わったことがないかとようすを尋ねることになっている。

壱之介は、暑さから開けられたままの戸の奥を覗き込んだ。

座敷では、町役人二人が瓜《うり》を食べている。

「邪魔をいたす」

そう言って入って行くと、役人はあわてて瓜を皿に置いた。

白髪混じりの男が小首をかしげた。

「なんでしょう」

座敷に近寄りながら、壱之介は山の方角を指で差した。

「先日、上野の山から親子が連れてこられたであろう」

「親子？」

二人は顔を見合わせた。

「うむ、町人の父親と幼い女児だ」

壱之介の言葉に、二人は顔を右に左に傾ける。

「さぁて、いつのことですかな」

首をひねった白髪混じりの男に、壱之介は、

「二十四日だ」

と、答えた。

「はて」ともう一人の若い男は首を振った。

「あたしはその日、一日中ここにいましたが、そのような親子は来ませんでしたね」

え、と壱之介は目を見開いた。

「真《まこと》か」

「ええ」若い男は胸を張る。

ううむ、と壱之介は頭の中を忙《せわ》しくした。あの町同心、確かに番屋に連れて行くと言った……もしや、大納言様の言われたとおり、あの父親は刺客で町同心も通じていたのか……。

うつむいて考え込む壱之介を、戸惑いの面持ちで二人が見上げる。

それに気づき、壱之介は顔を上げた。

「いや、二十四日に山で会った町同心を探しているのだ。定町廻りと見えたゆえ、ここにも立ち寄っているはず……」

壱之介は町同心の顔や姿を思い起こした。

「背丈はわたしよりもやや低く、面立ちは細面《ほそおもて》、切れ長の目に、眉はまっすぐであった。年の頃は、そうさな、そこもとよりも少し下、というようであった」

壱之介は白髪混じりの男を見た。

「はあ」と男は顔を撫でる。

「あたしは五十を一つ過ぎました」

「ふむ、ならば五十前、というところであろう」

定町廻りは年配の者がほとんどだ。

ううん、と白髪混じりの男は、天井を見上げた。

「それなら、北町の佐々木寅之助《ささきとらのすけ》様か南町の清野平七郎《せいのへいしちろう》様でしょうかな」

そう、と隣の若い男が頷く。

「細面なら、どちらかでしょう。ほかは角張ったお顔や丸いお顔のお役人方ですから」

「そうか」壱之介は聞いた名を頭の中で反芻《はんすう》した。

「礼を申す、邪魔をいたした」

そう言って踵《きびす》を返すと、番屋を出た。

が、道で立ち止まると、腕を組んだ。さあて、どうするか……番屋で待ち続けるのは無理だ……となれば、町で探すしかないか……。

壱之介はふっと息を吐くと、足を大きく踏み出した。

三

江戸城、半蔵御門《はんぞうごもん》の近く。

この辺りは、番方の役人が暮らす屋敷が多いため、番町《ばんちょう》と呼ばれている。

番方は、書院番《しょいんばん》や小姓組、大番《おおばん》や新番、小十人《こじゅうにん》が五番方と呼ばれ、将軍や大御所、世嗣らの警護に就いている。

身分は書院番と小姓組が高く、その下に新番と小十人、さらに下に大番が置かれている。新番、小十人、大番は出世は限られているが、将軍の近習《きんじゅう》であるため、格は高い。特に将軍の御成の際、身近で警護することが多い新番士は、旗本で騎馬《きば》も許されている。

建ち並ぶ旗本屋敷の道を通って、壱之介は門の一つをくぐった。

玄関から上がって、

「ただいま、戻りました」

声を上げると、母の多江《たえ》が出て来た。

「おかえりなさい、今日は遅かったのですね」

「はい、お役目で……父上はお戻りですか」

「ええ、奥におられますよ」

廊下の先を目で示す母に頷いて、壱之介は奥へと歩いて進んだ。

「父上、よろしいでしょうか」

廊下から声をかけると、すぐに「おう」と返って来た。

「入れ」

座敷では、父の新右衛門が書見台から顔を上げた。

壱之介は座って向かい合うと、

「実は、大納言様が……」

と、口を開いた。

上野の山での出来事から、今日、受けた御下命を話す。

「で、早速今日から町を探索したのですが、その町同心を見つけることはできませんでした」

「ほう」と父は、腕を組んだ。

「なるほど、では、そなたはお世継ぎ様から、直々《じきじき》の密命を受けたということか」

「密命」壱之介はつぶやく。

「なるほど、そういうことですね」

「そうだとも」父は小さく笑う。

「そこまで信頼されているとは、誇らしいことだ。が、それだけに、心して務めるのだぞ。功《こう》を焦《あせ》れば失敗するからな、じっくりと腰を据えて取り組むがよい」

「はい」壱之介は頷いて、「あのう」と膝行した。

「父上は家基様が亡くなられたときのこと、お聞きになってますか」

新右衛門は本丸詰めで、将軍の警護が役目だ。が、「うむ」と頷いた。

「しばらくしてだが、西の丸の新番士から詳しく聞く機があった」

「事が起きたのは、二月でしたよね」

息子の問いに、父は頷く。

「さよう、二月の下旬、二十一日のことであった。それ以前にも、頻繁に御鷹狩りにお出ましになられていたそうだ。三月になれば、獲物となる鴨《かも》などが北へ帰ってしまうからな」

「家基様は、御鷹狩りをずいぶんと好まれたそうですね」

「うむ、よくお出ましになられていた。ときに本丸の新番士もお供をすることがあったから、御鷹狩りの日はこちらにも伝わってくるのだ。あの年も、家基様は方々の鴨場にお出ましになられていた」

「ということは、ご壮健であられた、と」

「さよう。病の兆《きざ》しなどはまるでなかったと、西の丸の新番士も言うていた。であるのに、新井宿《あらいしゆく》で狩りをされたあと、帰途、急にお加減が悪くなられたと……」

「どのようなお加減だったのですか」

「お腹の痛みを訴えられたそうだ。あの辺りは御殿もないゆえ、近くの寺で休んだものの、よくなる兆しが見られなかったため、お城に戻ってきたという話であった」

「お腹……では、その宿場でなにかを召し上がったのでしょうね」

「うむ昼の御膳を召し上がったらしい。しかし、供の者らはなにもなく、家基様だけが、具合を悪くなさり……」

「おかしいですよね」

壱之介はさらに膝行して、間合いを詰めた。

「うむ」父の声がくぐもる。

「ゆえに、そのままご快癒せず、二十四日に息を引き取られたあとは、さまざまなささやきが城中で交わされたのだ」

「毒を盛られた、と……」

「さよう」父の顔が歪んだ。

「田安《たやす》家や一橋《ひとつばし》家、清水《しみず》家の名をささやく声もあった」

田安家と一橋家、清水家は御三卿《ごさんきょう》として、八代将軍吉宗《よしむね》が立てた家だ。自らの息子達を当主とし、将軍に跡継ぎがない場合、その三家のうちから跡継ぎを出すためだった。

「さらに」父は眉間を狭くした。

「田沼様の名も飛び交った」

「田沼様……御三卿はわかりますが、老中の田沼意次様は上様の信頼も篤いでしょうに、なにゆえに……」

首をかしげる息子に、父はふうと、息を吐いた。

「田沼様が黒幕というのはありえぬ、とわたしは思うている。家基様は世嗣として教育されて立派にお育ちになっていた。将軍を継がれたあとは、田沼家の意知様が老中となってお支えするはずと、誰もが思うていた。田沼家にとって、家基様が亡くなられて益することはなにもない。むしろ、大いなる痛手だ」

「はい、それはわかります。しかし、なれば、なぜ……」

「田沼様は上様から頼りにされ、権勢も強い。それゆえ、邪魔に思うお人もいる、ということであろう。なかには、妬《ねた》みや怨《うら》みを抱いているお人もいるのだ。田沼様の名が上げられたのは、貶《おとし》めようとする讒言《ざんげん》であろう。足を掬おうという意図で、噂を流したお人がいたに違いない」

父の言葉に、それは、と壱之介は唾を呑み込んだ。喉元に松平定信の名が上がってきていた。それを口に出そうとしたそのとき、廊下に足音が鳴った。

「父上」大きな声とともに、障子が開いた。

「失礼します」

言いながら入って来たのは、一歳下の弟、吉次郎《きちじろう》だった。

「戻ったのか」

父が面持ちを弛めて見上げる。

「はい」と吉次郎は兄の横に座った。

「着替えを取りに戻りました。父上、夕餉《ゆうげ》をいただいていってもよいでしょうか」

「かまわぬぞ」父は笑みを浮かべて頷く。

「夕餉だけでなく、泊まっていけばよい。自分の家だ、遠慮はいらぬ」

「いえ」吉次郎は笑顔になる。

「明日は朝から忙しいのです。うちの師匠が蔦屋《つたや》から、黄表紙《きびょうし》の挿絵《さしえ》の注文を受けまして、わたしも手伝わせてもらえるやもしれないのです。なので、当分、こちらには戻れません」

胸を張る弟に、壱之介は苦笑を向けた。

「それで着替えを取りに来たのか」

「はい」

吉次郎は屈託なく笑う。

「そうか」父は目を細めた。

「好機を逃してはならぬ。励むがよい」

「はい」吉次郎は頷いて立ち上がった。

「では、夕餉の膳に参りましょう。母上が支度ができているゆえ、皆で来るように、と申されていました」

足音を立てて、廊下に出て行く。

父は立ち上がりながら、続いて立つ壱之介を見た。

「うらやましいか」

「いえ……」言ってから、小さく苦笑した。

「そうですね、わたしも長男でなければ、と思うことはあります」

「ふむ」父も苦く笑う。

「気持ちはわかる。しかし、人は生まれ落ちる場所は選べぬ。そこから続く道を進むしかないのだ」

「はい」

　頷きながら、父に続いて部屋を出る。

　廊下の先から、夕餉のよい匂いが漂ってきた。


　翌日。

　日本橋から神田《かんだ》を、壱之介は目を動かしながら歩いた。

　黒羽織を見つければ、目を凝らして近づく。が、黒羽織は町奉行所の役人ばかりが着ているわけではない。上野の山で会った町同心は見つからないままだった。

　歩く壱之介の鼻が動いた。

　飯屋から醤油の香ばしい匂いが漂ってくる。それが届いたかのように、腹の虫が鳴った。

　よし、中食《ちゆうじき》だ、と壱之介は暖簾《のれん》をくぐる。

　腹が減っては戦ができぬ、というものだ……。一人、頷きながら、飯と焼き魚に小鉢、しじみ汁を頼んだ。

鯵《あじ》の塩焼きをほぐし、小鉢の小松菜《こまつな》のおひたしを口に運ぶ。おう、旨いではないか、と箸が進む。城中で食べる冷えた弁当よりもよほどよい、と目元が弛んだ。

さあて、とくちくなった腹で外に出ると、壱之介は上野へと向かった。

道は人の行き交う広小路へと入って行く。

人混みを縫っていた壱之介は、はっと目を見開いた。

道の先に黒羽織が見える。裾を内側に巻き込んだ巻羽織で、定町廻り同心の装いだ。

息を詰めて、そっとあとを追う。背中だけで、顔は見えない。

同心は手下らしい供の男を連れて歩いて行く。その足で先日壱之介が訪れた自身番屋へと向かった。

少し離れて見つめていると、やがて同心が出て来た。

顔を見る。と、壱之介はふっと息を吐いて肩の力を抜いた。

違ったか……。胸中でつぶやきつつ、去って行く背中を見送ると、壱之介は自身番屋の戸をくぐった。

「ごめん」

土間に立った壱之介を、町役人が見上げた。

先日、言葉を交わした若い男がいた。

「おや、先日の……」

と、膝を回す男に寄りながら、壱之介はクイと顎を上げて外を示した。

「今、出て行った定町廻りは、なんというお人だ」

「はあ、あのお方が佐々木様です」

なるほど、と壱之介は小さく頷いた。では、わたしが探しているほうが清野平七郎、ということか……。

「清野殿のほうも、もう参られたか」

「ええ、一刻《いっとき》（二時間）ほど前に寄られましたよ」

男の言葉に、壱之介はううむ、と唸る。

「その清野殿は、いつもどこを廻っておられるのだろう」

「はい、神田からこの界隈、湯島《ゆしま》や根津《ねづ》などもですね。それと、浅草《あさくさ》にも行かれてますよ」

男がぐるりと人差し指を回す。

「浅草もか、よし」壱之介は踵を返すと、顔を振り向けた。

「かたじけない、邪魔をいたした」

四

次の日。
壱之介は朝から上野を通り過ぎて、浅草へと向かった。
昨日も清野に出会えなかったため、道筋を変えたのだ。
浅草寺《せんそうじ》の参道に近づくと、人が増えていく。
参拝客は絶えることがなく、地方からやって来た物見遊山の人々も集まっている。
さらに寺の北側には吉原《よしわら》があるため、その行き帰りの男らも多い。
そうした人混みを進んで行くと、前から大声が響いた。
「盗人《ぬすっと》だあ、捕まえてくれぇ」
人混みが揺れる。それをかき分けて、一人の男が走って来る。
男の血走った眼に、皆、割れるようにしてそれをよけた。
壱之介は思わず刀に手をかけた。
走って来る男の前に飛び出ると、その刀を抜いた。
「止まれ」

言い放って、刀を構える。
「どきゃあがれ」
男は懐に手を入れる。
すぐさま抜かれたその手には、匕首が握られていた。
壱之介は刀を斜め下に向けた。
男は匕首を振り上げる。
その刃は、壱之介の喉元を狙っていた。
壱之介は踏み出し、刀を回した。
峰《みね》で、男の脛《すね》に打ち込んだ。
男のうめき声が洩れ、手から匕首が落ちる。
「おおおーっ」
と、周りから声が上がった。
その人々をかき分けて、黒羽織が飛び込んで来た。手には十手を掲げている。
「やっ」と、盗人に駆け寄る。
膝を折った盗人の腕をひねり上げると、地面に組み敷いた。
壱之介はあっ、と声を漏らした。

巻羽織の役人の顔は、上野の山で会ったあの顔だった。

清野平七郎……。口中でつぶやく壱之介を、清野が見上げた。

「そこもとが、止めてくだされたか」

壱之介は頷きながら、近寄った。

男を押さえ込むのを手伝うと、清野は顔を回して、

「金次《きんじ》」

と、声を放った。

「へい」という返事とともに、手下らしい男が飛び出す。手にした縄をほどきながら、清野の横にしゃがみ込んだ。たちまちに盗人の手首を縛り上げ、清野は立ち上がった。

「よし、番屋に引っ立てい」

「承知」

金次が盗人を立たせて、「歩け」と蹴飛ばす。

横について歩き出した清野は、壱之介に振り返った。

「かたじけない」

「いえ」

壱之介は首を振りながら、考えを巡らせていた。どうする、いきなり当人に問うて

みる……しかし、もしもあの町人が刺客で、黒幕と手を組んでいたら……。いや、と壱之介は足を踏み出した。当たって砕けろ、だ……。

走って、清野の横に並んだ。

「わたしも番屋に」

「えっ」

意想外の振る舞いを訝《いぶか》った清野は、改めて壱之介を見つめた。と、「あっ」と指を上げた。

「そこもと、上野の山で……」

「はい」壱之介は頷く。

「あの折に、鞠を渡した者です」

ほう、と清野は声を落とす。

「警護に就いていたということは、新番士であられるか、ずいぶんと若いが」

「ええ、まだ見習いの新番士なものですから。わたしは不二倉壱之介と申します。実は清野殿を探しておりました。自身番屋を訪ねて、お名も伺ったのです」

「ほう……」清野は横目で見る。

「もしや、あの折の顚末《てんまつ》を調べに、か」

壱之介は頷く。

「はい、上野の自身番屋で確かめたところ、あの日、親子が連れられて来ることはなかった、と言われたものですから」

ふうん、と清野は前を見た。

浅草の自身番屋がすぐ前にあった。

「入るぞ」

声を上げながら、入って行く。

町役人は縄を延ばして待ち構えていた。

「盗人だそうで」

「うむ、繋いでおいてくれ」

清野が十手を振ると、役人は盗人に腰縄をかけて板間へと上げた。

壁には鉄の輪がついている。腰縄の端をそれに繋げると、

「観念しろ」

と、仁王立ちになった。

「金次」清野が十手を振る。

「大番屋に連れて行くから、助けを呼んでこい」

「へい」と金次は飛び出して行く。

「さあて」

清野は壱之介を見ながら、上がり框《かまち》へと、目顔で導いた。

並んで腰を下ろすと、清野が口を開いた。

「さよう。あの親子は番屋に連れて行ってはいない。山を出て、すぐに放した」

言いながら、切れ長の上目で壱之介を見る。壱之介が口を開こうとするのを認め、清野は小さく肩をすくめた。

「なにゆえにそうしたか、と問いたいのであろう。それはわたしがあの親子を知っていたからだ」

「えっ」と首を伸ばして覗き込む壱之介に、清野はふんと鼻を鳴らした。

「あれは浅草寺参道脇の瀬戸物屋の親父でな、怪しまれるような男ではない。匕首を呑んでいるのはいつものこと。この辺りは質の悪い輩《やから》が多いゆえ、普通のことだ」

「そうなのですか」

「うむ、だが、それを知らぬ山同心やお城の番方に渡せば、どのような責めを受けるかわからぬ。責め問いをされて、やってもいない悪事をしゃべってしまう者もいるからな。そうならぬように、わたしが引き取ったという次第だ」

「なるほど、そうでしたか」

壱之介は伸ばした首を引いた。

清野が顔を向けて、まっすぐに見返してくる。

「それが不届きということであれば、御奉行様にでも誰にでも申し立ててけっこう。お咎《とが》めでもなんでも受ける所存ゆえ」

すっと胸を張った。

壱之介は立ち上がると、清野と向かい合った。

「いえ。申し立てなど無用。よくわかりました」そう言うと、浅く腰を折った。

「ご無礼いたしました」

踵を返すと、背中に清野の目を感じながら土間を出た。

日差しを浴びると、壱之介は細めた目を城のほうへと向けた。

よし、大納言様に報告だ……。つぶやきながら、早足で道を蹴った。


江戸城西の丸。

中奥へ続く廊下を進む壱之介は、前方に小姓の梅垣の姿を認め、駆け寄った。

「梅垣様」

と呼びかけると、おう、と振り向いた。

「これは、壱之介殿」

家斉が常より「壱之介」と呼んでいることで、小姓らもそう呼ぶようになっていた。

「大納言様にお目通りを願いたいのですが」

かしこまる壱之介に、ああ、と梅垣は顔を巡らせた。

「では、田沼様にお伝えして参ります」

そう言って奥の部屋へと入ると、入れ替わりに田沼意致《おきむね》が出て来た。西の丸の御側《おそば》御用取次《ごようとりつぎ》を務める意致は、老中田沼意次の甥だ。意次の弟の意誠《おきのぶ》が、一橋家の家老を務め、その息子である意致が跡を継いだ。家斉が家治の跡継ぎになることにも尽力し、世嗣に決定すると、家斉について西の丸に入ったのだ。

「不二倉壱之介殿、大納言様より、壱之介が参ったら通せ、と言われております。が、今、一橋様がお見えになっておられるので、こちらでお待ちを」

廊下を指さす意致に、「はい」と腰を下ろす。

正座をした壱之介は、去って行く意致を見送った。

一橋様……お父上とのご対面となれば、時がかかるやもしれぬな……。壱之介は胸中でつぶやいた。

家斉の父は一橋家の二代目当主の徳川治済だ。初代は徳川宗尹《むねただ》で、八代将軍吉宗の三男であった。宗尹は御三卿の一家として、一橋御門の内側に屋敷を与えられていた。ゆえに通称が一橋家となり、広く定着している。

同じように吉宗の次男である徳川宗武《むねたけ》は田安御門の内に屋敷があるため田安家、家治の弟である徳川重好《しげよし》は、清水御門の内に屋敷があるために清水家と呼ばれている。

かしこまったまま耳を澄ませていると、障子の開く音が聞こえてきた。

「よいな、臆するでないぞ」

声とともに、力強い足取りが廊下に現れた。

一橋様だ……。その姿に、壱之介はすぐに低頭した。

治済の足は、その横を通り過ぎて行った。

足音が過ぎ去ると、前から別の足音が近づいて来た。

ゆっくりと頭を上げると、意致が「どうぞ」と手で招いた。

「はっ」

座敷へと入ると、家斉が足を崩しながら顔を上げた。

「おう、壱之介か、待っていたぞ」

「はっ」向かい合った壱之介は、礼をしてすぐに顔を上げた。面《おもて》を上げよ、と言われる前でも、壱之介は咎められることはなかった。

「大納言様、調べがつきました。あの折の町同心を見つけ、話を聞き出したところ……」

清野から聞いたことを伝える。

壱之介の言葉に耳を傾けた家斉は、聞き終わって「ほう」と眉を動かした。

「その町同心、信用できるのだな」

「はい」壱之介は大きく頷いた。

「声にも話し方にも淀《よど》みがなく、堂々としておりましたゆえ、疚《やま》しいことはない、と判断いたしました」

「そうか」

家斉は声変わりの掠れ声で返す。

「では、それはよし、としよう」

手にした扇を少し広げ、パチンと鳴らして閉じた。

「なれど、油断はできぬ。気を抜けば、どこから手が伸びるかわかったものではないからな」

ふうっと息を吐いて、天井を見上げた。

「あやつはまだあきらめてはいないはずだ。そう思わぬか」

眼が動いて壱之介を見た。

壱之介はそれを避けるように、顔を伏せた。

あやつ、という言葉が耳の奥で揺れる。

なんと返せばよいか……。そう、考え込む頭上に、言葉が降った。

「定信は……」言いかけて家斉は手を上げた。

「もそっと、近うに」

「はっ」

壱之介が膝行して間合いを詰めると、家斉も自らの上体を乗り出した。

「あの定信は、幼き頃より余を見下してきたのだ。あのぎょろりとした眼でこちらを見ると、鼻がひくりと動いたものよ。ふん、と音こそしなかったが、小馬鹿にした心根が伝わってきたわ」

はあ、と壱之介はあいまいな声を返す。やはり定信侯のことか……。

定信のほうが家斉より十五歳上で、治済とは従兄弟同士だ。近しい親戚であるため顔を合わせる機会も多かったろうと、察せられた。

「あの者」家斉は顔をしかめる。

「幼少の頃から賢丸《まさまる》などと呼ばれ、英明を自ら誇っていたというが、未だにそれは変わっておらぬのだ。あの胸の張り方は、己が最も優れていると考えている証、将軍にふさわしいのは己だと、今も思うているのだ」

はあ、と壱之介は同じ声を返す。

「ゆえに」家斉は息を吐く。

「余が世嗣に決まった際には、たいそう不機嫌であったと聞く。腸《はらわた》が煮えくり返っていたのだろう。田沼意知を殺させたのは、その腹いせに相違ない」

はあ、と返しつつ、壱之介はなるほど、という言葉を呑み込んだ。

壱之介は伏せがちにしていた目を開いた。

「されど、大納言様には我らがついております。身を挺してお守りいたしますゆえ、ご安心を」

言いながら、まだ少年らしさが残る面差しを見た。目元には不安や恐れの影が見て取れる。

「うむ」家斉はそれを振り払うかのように、顔を振った。

「余も負けはせぬ。いずれ、男子をたくさんもうけてみせる。男の子《お》がいく人もおれば、たとえ我が身になにが起ころうと、世継ぎが絶えることはないからな。あやつもあきらめるであろう」

背を伸ばし顔を上げた家斉を、壱之介は見上げた。そのように考えておられたのか……。

目を瞠《みは》った壱之介を見返し、家斉はふっと笑いを見せた。

「壱之介、頼りにしておるぞ」

「はっ」

壱之介は低頭してから、大きく頷いた。

五

壱之介は、屋敷の廊下を歩いていた。

板間から父の声が響いてくる。

「えいっ」

竹刀《しない》を持っての素振りだ。

「父上」

道着を着た壱之介が入って行くと、父は腕を止めた。

「おう、どうした」

「今日は自ら非番の日、といたしました。なので、稽古をつけていただこうと思いまして」

壁にかけられた竹刀を取ると、父は「よし」と構えた。

「来いっ」

壱之介が、

「やあっ」

と竹刀を振ると、

「とうっ」

と、父がそれを受ける。

竹刀のぶつかり合う音が響き、汗が飛び散った。

「えいっ」

壱之介は竹刀を振り上げて、その腕を止めた。

はあっ、という父の息が漏れたためだ。

肩を上下させる父の姿に、壱之介は竹刀を下ろした。

「ありがとうございました」

うむ、と父は面持ちを弛ませた。

「すまんな、年を取るとすぐに息が切れる」

手拭いで汗を拭きながら二人は縁側へと出た。秋の匂いを含んだ八月の風が、目の前の庭に吹いていていく。

腰を下ろした父に続いて、壱之介も並ぶと「父上」と横顔を見た。

「うむ、なんだ」

目を動かす父に、壱之介も見返した。

「大納言様がお世継ぎに決まるには、異論もあったのですか」

ふむ、と父は正面を見据えた。

「あった。いや、意見が対立し、大変であったらしい。あの折、老中の田沼意次様が、上様よりお役目を託され、御養君《おんやしないぎみ》御用掛《ごようがかり》となったのだ。上様は田沼様への信頼篤きゆえ、託されたのだろう」

「へえ、そのようなお役が」

「ああ、しかし、田沼様の一存で決めよ、というわけではない。合議などを開き、皆様の意見をとりまとめよ、というのが上様の御下命だ。しかし、それは難儀であったらしい」

「意見はまとまらなかった、ということですか」

「うむ、それはそうであろう。御三卿それぞれ、お世継ぎを出したいのだ。清水家でも強く動いたという。重好侯は前の将軍家治公の弟であるからな、立場は強い。が、そのとき、すでに三十も半ばというお歳であり、お子がおられなかった。ご病弱とも言われたが、ここだけの話、重好侯は女《おなご》がお好きではないらしい。お子がなければ、いつかまたお世継ぎのことが問題となろう」

「なるほど」

「そこで田安家も声を上げたのだ。御家を継いでいた治察《はるあき》侯は、すでにお子のないまま亡くなられていたのだが、弟の定信侯を担ぐ動きがあったのだ」

父は息子を見ると、そっと声を落とした。

「正直なところ、治察侯は幼き頃より凡庸《ぼんよう》と噂されていてな、田安家を継ぐのは定信侯がふさわしいと、以前より言われていたのだ」

「そうだったのですか」

「うむ、しかし、長子相続は家康公の遺言。吉宗公もそれを守って、将軍を家重公に継がせたのだ。田安家とて、それを曲げることはできぬゆえ、長男の治察侯が継いだのだ」

「え、されど亡くなられたのですよね。なれば、定信侯が継げばよいのでは」

「ふむ、しかしそのときすでに、定信侯は養子の話が決まっていたのだ」

「あ、白河《しらかわ》藩の松平家……」

「さよう。松平定邦《さだくに》侯が是非にと、田沼様に願い出たらしい。なにか願いごとがあれば田沼様に、というのが常であったからな。大名のみならず、旗本御家人、百姓町人まで、田沼家に押しかけていたのだ」

「なるほど、で、田沼様がそれをお聞き届けになった、と」

「さよう。といっても、田沼様の一存で決まることではない。城中の合議にかけ、上様にも申し上げ、その上で許す、ということになったのだ」

「上様がお許しになったのであれば決まりですね」

「うむ、もっとも田安家は反対したそうだ。治察侯はお身体が弱いゆえ、一人になっては心許ない、と。さらに、定信侯ご自身も、養子になど行きたくない、と強く言うたらしい」

なるほど、と壱之介はつぶやく。

「徳川家と松平家では雲泥《うんでい》の差、身分を落とすことなど我慢がならぬ、ということでしょうか」

「で、あろうな。なにしろ、田安家にいれば将軍となる道もあるのだ。松平家に行けば、その目は消えるからな。しかし、上様のお許しが出たのだから、決まりとなった。白河藩はたいそう喜んだそうだ」

「それはそうでしょうね」

「うむ、だが、意に沿わぬ定信侯は、養子の話が決まっても田安家の屋敷を離れなかったのだ。そうこうしているうちに、田安家を継いだ治察侯が亡くなられた。田安家は明屋敷《あきやしき》となったのだ」

父の言葉に、ええっ、と壱之介は顔を歪めた。

「明屋敷とは、主のいない屋敷のことですよね。田安家の跡継ぎはほかにいなかったのですか」

「うむ、幼くして亡くなった男児はいたのだがな」

「なればこそ、定信侯が継ぐという話になったのでは」

「さよう、定信侯は養子を取り消してくれ、と申し出た。しかし、養子はすでに決まった話ゆえ、松平家では引くつもりはない。そもそも、吉宗公は御三卿に跡継ぎが絶えた際には御家を取り潰すこと、と御遺言なさっていたそうだ。なので、定信侯の養子は、動かなかったのだ」

「そういうことでしたか」
うむ、と父はまた声を落とした。
「しかし、家基様が亡くなられた際には、再び、定信侯の名が上がったらしい。養子を取り消して田安家に戻し、世継ぎの候補とすべき、という声があったという話だ。松平家の世継ぎとして認められてはいたが、まだ家督を継いだわけではなかったから
な」
「へえ、養子の取り消しはありうるのですか」
「ああ、これまでにもそのようなことはしばしば起きていたそうだ」
「なれば、世継ぎの座に就く、ということもありえたわけですね」
「うむ。しかし、それも城中ではよしとしなかったのだ。まあ、実を言えば……皆、
腑に落ちていたのだ。上様は田安家をよく思われていないはず、と誰もが思うていた
からな」
「そうなのですか」
「ああ、田安家初代の宗武侯は、上様のお父上家重公から嫌われて、いや、憎まれて
いたからな」
はあ、と壱之介は頷いた。

「そのような話は聞いたことが……あ、では、それで一橋家が優位に立ったということですか」

「それもあろう。一橋家の治済侯を跡継ぎに、という声が高かったのだ。治済侯はご壮健で、すでに男子も二人もうけておられたからな」

「なれば、もっとも強い立場ですね」

「さよう、だが、お歳がすでに三十路《みそじ》であられた。上様が四十三であられたから、親子というに歳が近い」

「なるほど」壱之介は手を打った。

「それで家斉様に白羽の矢が」

「うむ」父が大きく頷く。

「そういうことだ。されど、決まるまでには何カ月もかかったのだ」

そうか、と壱之介は首を振った。

「いろいろと腑に落ちました。定信侯は、さぞかし口惜《くちお》しい思いをなさったのでしょうね。我こそが将軍にふさわしいのに、と」

「そうやもしれぬな」

あっ、と壱之介はまた手を打った。

「それゆえ田沼様に怨みを抱いているのですね」

「うむ、であろうな」父は眉を寄せる。

「一橋家では田沼様の弟や甥御が家老を務めていたから、より有利になった、と考えても不思議はないしな」

ふうむ、と壱之介は腕を組んだ。

「なにやら深い溝があるのですね」

「そうさな、その奥にはさらなる溝もある」

「えっ」

顔を向けた壱之介から目を逸《そ》らして、父は庭を見た。

「まあ、それはまたいずれ、な」

父は立ち上がって、息子を見た。

「昼餉にしよう、腹が減った」

奥からよい匂いが流れてきていた。

「はい」

壱之介も立ち上がった。

江戸城西の丸。
八月半ば過ぎ。
奥の座敷で、家斉と壱之介は将棋盤に向き合っていた。
パチン、と音を立てて、家斉が飛車の駒を置く。
「おっと、いや、待て」家斉はその駒を持ち上げた。
「これはなしだ」
駒を元に戻す。
壱之介は小さく笑って「はい」と頷く。
家斉は考え込むと、「これでどうだ」と金将の駒を別の所に置いた。
ううむ、と壱之介も考え込む。
「なれば」
桂馬の駒を置く。が、すぐにそれを持ち上げた。
「あ、いかん、これもなしに」
慌てて元に戻す。
戻したものの、壱之介は恐るおそる家斉を窺った。
ははは、と家斉が笑った。

「許す、これで貸し借りなしだ」

笑顔のまま、家斉は肩をすくめる壱之介を見る。

「やはり、将棋の相手はそなたが一番だ。小姓らだと待ったがきかぬのだ。かと思えば、容赦なく指してきて、勝負がすぐに決まってしまう」

はぁ、と壱之介は苦笑した。腕前は互角だ。

家斉は本丸の方角に顔を向けた。

「腕を上げて、上様と指せるようにならねば……このままだと、相手にしてもらえぬからな」

家治は大の将棋好きで、将棋の本まで著《あらわ》している。

家斉は顔を向けたまま、ほうっと息を吐く。

「また、ご快癒のための祈禱を頼まねばならぬな。上様には、まだまだお元気でいてもらわねば困る」

そう言いながら曇らせる眉を、壱之介はそっと見た。

将軍という役目に対する不安が、見て取れる。それはそうか、と喉元でつぶやいた。

大納言様はまだ十四、将軍の大役を担うにはお若すぎる……。

壱之介はつぶやきを呑み下すと、角《かく》の駒を取り上げた。

パチン、と置くと、家斉の顔が向き直った。

「ほう、そうきたか」

口を曲げて覗き込む。と、その顔を上げた。

廊下を足音が駆けて来る。

「大納言様」

小姓の声が障子越しに響いた。

「入るがよい」

はっと小姓が障子を開けて、膝で進んだ。

「上様のご容態が……お見舞いをなされたほうがよろしいかと……」

「なに……」

家斉が立ち上がる。

早足で廊下に出る家斉に、壱之介も続いた。

「お供いたします」

天明六年八月二十五日。

十代将軍徳川家治が息を引き取った。

世には九月八日逝去、と公布された。

第二章　新たな老中首座

一

翌年、天明七年五月上旬。

本丸の中奥を出た家斉は、二の丸に続く汐見坂《しおみざか》を下り始めた。

家治死去のあと、本丸に移った家斉は年明けて十五歳となり、四月十五日には、朝廷から征夷大将軍の身分も正式に認められ、世に将軍宣下《せんげ》も行っていた。

家斉の背中を見つめながら、壱之介も坂を下りる。

手には折りたたみの床几《しょうぎ》を持っていた。

すぐ前を歩く小姓の梅垣は、釣り竿を手にしている。

二の丸には庭があり、池がある。

池の畔に行くと、壱之介は床几を広げて置いた。

家斉が腰を下ろすと、梅垣が釣り竿を手渡した。

「そちはもう戻ってよいぞ」受け取った家斉が梅垣に振り向く。

「意致が忙しいであろう、手伝うがよい」

田沼意致は御側御用取次のまま、西の丸から本丸に移っていた。

梅垣は「はっ」と踵を返し、汐見坂へと戻って行く。

家斉は釣り竿を握ると、糸をたぐって釣り針を壱之介の前に垂らした。

「餌《えさ》をつけてくれ」

はい、と壱之介はほかの新番士が置いて行った餌箱を開けた。家斉はミミズを触りたがらない。壱之介はミミズを取り出してちぎり、釣り針に刺した。

家斉は竿を動かして、糸を大きく回すと、針を池の中へと落とす。

壱之介は横で片膝をつき、そこに留まった。

水面からのぞいた浮きが動く。

「おっ」と家斉は竿を上げた。

空《から》になった釣り針が宙を舞い、それはすぐに壱之介の目の前に回された。

はっ、とまたミミズをつける。家斉は腕を振り、釣り針はまた池に沈んでいった。

そんなことがいくども繰り返されていく。昨日も一昨日も、ここで同じように時を過ごしていた。

「上様」壱之介は家斉を見上げた。

「雨が落ちてきそうです。御殿に戻られますか」

「いや」家斉は首を振る。

「戻ったところで、どうせやることはない。父上が仕切っておられるゆえ、余など、いてもいなくても同じだ」

前を見たまま、家斉はふっと鼻から息を吐く。が、その顔を少しだけ、壱之介に向けた。

「今、新たな老中を選んでいるのだ」

家治逝去の二日後、老中田沼意次は辞意を表して老中の役から外れた。家治の治《し》療に当たって蘭方医を呼んだことなどから批判を受けてもおり、実質は周囲から強いられての辞意だった。

「田沼が抜けたあと、誰を入れるか……」家斉は眉を寄せた。

「なんと、松平定信の名が上がっているのだ」

「えっ」壱之介は思わず家斉を見返した。

定信は天明三年に白河藩を継ぎ、従四位《じゅしい》の越中守となっていた。が、役職には就いていない。

家斉はさらに壱之介に顔を向けた。

「老中首座は反対している」

「周防守《すおうのかみ》様が……」

壱之介は首座の松平周防守康福《やすよし》の姿を思い返した。

松平周防守は田沼意次と意を合わせて、政《まつりごと》を行ってきた人物だ。娘を田沼意知に嫁がせ、親戚にもなっていた。

「首座様の反対があれば、通らぬのでは……」

壱之介の言葉に、家斉は顔をしかめた。

「うむ、おまけに大奥も反対をしているそうだ。なれど、父上が定信を老中に、と推しているのだ」

「一橋様が」

壱之介も眉を寄せた。そうか、と胸の奥で思う。御三卿の立場では、当然の判断か……。

「上様の助けになると、お考えなのではないですか」

壱之介の言葉に、家斉は「ふん」と眉を歪ませた。

「定信は、余に意見書を出してきたのだ」

「意見書とは……御政道に関してですか」

「さよう、己がいかに仁政《じんせい》を敷くことができるか、誇らしげに書いてあった。が、田沼意次の批判も散々に記していた。盗賊同然の者、と誹謗《ひぼう》して賄賂《わいろ》が横行《おうこう》したことなどをあげつらっていた。さらに、許せぬ者と思い、自ら二度、斬り殺そうと考えた、とさえ書いてあった」

「斬り殺す……定信侯が田沼様を、ですか」

「そうだ。だが、考え直してやめた、と。余への書状にそのようなことを記すとは、いかなる存念であったのか……しかし、それで余は確信したのだ。意知を斬り殺させたのは、やはり定信に違いないと」

「はあ……」

壱之介は唾を呑んだ。その音が響いて、家斉は首を伸ばした。

「呆れたものよ。そもそも、田沼の賄賂を批判しているが、定信はその田沼に賄賂を送っていたのだぞ」

えっ、目を見開く壱之介に、家斉は片目を歪めて見せた。

「聞いたのだ。そもそも、白河の松平家が定信をほしがったのは、家格を上げるため。松平定邦は、溜間詰《たまりのま》めになることを望んでいたのだ」

城には家臣らの控えの間があり、身分によって振り分けられている。大名の多くは帝鑑間《ていかんのま》が、控えの伺候席《しこうせき》とされている。その上位にあるのが溜間で、そこに入れるのは選ばれた数少ない大名だけだ。

「しかし」家斉は言葉を続けた。

「定信を養子にしてもそれは叶わなかった。ゆえに、定信が当主となってからはそれを叶えるべく、定信自身が田沼意次に働きかけたというのだ。贈り物などをしてな」

へえ、と思わず口に出そうになり、壱之介はそれを呑み込んだ。代わりに、低い声を出した。

「されど、溜間詰めにはなっておられない、ということですね」

言いながらそれはそうか、と思う。格別の働きをして認められない限り、昇格は簡単ではない。

家斉は前を向くと、ぼそりとつぶやいた。

「意知を殺したのは、その腹いせかもしれぬ」

あ、と壱之介はまた唾を呑んだ。あり得ないことではない……もともと父の意次を憎んでいたのだから……。

　考えを巡らせつつ、壱之介は家斉の横顔を見た。そのしかめた面持ちには、怖れの影も見て取れた。

「あの」壱之介は抑えた声をかけた。

「その書状、一橋様もご覧になったのですか」

「うむ」家斉は頷く。

「むろん、見せた。だが、どう思われたのか……」

その首を小さくかしげる。

壱之介は唇を噛んで、池を見た。

その水面《みなも》に、小さな波紋が見て取れた。

あ、と空を見上げる。

「上様、雨が降ってきました、戻りましょう」

家斉も上を見ると、む、と釣り竿を持ち上げた。

釣り針は空になっていた。

本丸では、新番士の詰め所は新番所という間だ。壱之介がその片隅で書に向かっていると、後ろから肩が叩かれた。

父の新右衛門が、覗き込む。

「庭に出よう」

新右衛門は去年、組頭に昇格している。その上の新番組番頭になると詰め所が変わるが、組頭は平新番士と同じ詰め所だ。

父は中奥の内玄関へと向かった。御風呂屋口《おふろやぐち》とも呼ばれているこちらは、表の玄関よりも簡素だ。将軍が出入りに用い、警護の番方らもそれに従うことが多い。

内玄関を出て、父は息子を振り向いた。

「前の上様はこちらもよく散策なされた。家斉様もこの先、そうなさるであろうから、築山《つきやま》などを巡る道を覚えておくとよい」

「はい」

壱之介は父のあとにつく。

西の丸には庭があった。緑はその北側に広がる吹上《ふきあげ》の庭に続いていた。が、本丸からは少し遠い。

そうか、と壱之介は思った。二の丸の庭は近いが、忙しくなればそちらにも頻繁には足を運べなくなるかもしれない、ということだな……。

築山を上ると、御殿が見渡せた。

左側に大奥があり、それに続いて将軍の御座所である奥や中奥がある。さらに右側は表と呼ばれ、多くの役所が入っている。そちらの廊下には、役人らが忙《せわ》しなく行き交っていた。

おや、と壱之介は顔を巡らせた。

中奥の内玄関から人が出て来る。

「ああ」と父も目を向けた。

「一橋様がご退出だな」

徳川治済が供を連れて現れた。その足は左側に向き、進んで行く。

父は顔を巡らせて、北を示した。

「御三卿は内玄関を使うことになっているのだ。控えの間が御座所の近くにあるからな。出入りも平川御門《ひらかわごもん》を使われるのだ」

「表玄関ではないのですね」

「うむ、御三卿のお屋敷は平川御門のほうが近いからな。まあ、その利便よりも御三卿は将軍のお身内である、ということを示すためであろうが」

「なるほど」

頷く息子の横で、父は声を落とした。

「定信侯は養子が決まったあとも田安屋敷に残り続け、変わらずにあの道筋を使っておられた」

へえ、と壱之介は平川御門に向かう治済の背中を追った。

「定信侯は御三卿の身分を誇っておられたのでしょうね」

「であろう。なにしろ、吉宗公の孫、というお血筋だからな」

そうか、と壱之介は胸中でつぶやく。家斉様は吉宗公の曾孫《ひまご》ということになるのだから、孫のほうが曾孫より上、と思われているのかもしれないな……。思わず浮かびそうになる苦笑を、壱之介は呑み込んだ。

「さて」父は築山を下りる。

「表へと回ろう」

御殿へと近づいて行く。

松の廊下がよく見える。

「おや」と今度は父が声を漏らした。

廊下の奥から松平定信が姿を見せたからだ。

表の玄関へと歩いて行く。

胸を張り、顎を上げ、腕を振って進む姿に、周りの者は隅に引いて深々と低頭している。

壱之介はその姿を目で追った。

間近で見たのは初めてだった。

〈ぎょろりとした眼〉という家斉の言葉が思い出され、思わず頷いた。

大きな目を見開いてまっすぐに前を見据え、頭を下げる周囲の者らには一瞥《いちべつ》もくれない。

なるほど……こういうお方か……。背中を見送りながら壱之介はつぶやいた。

「ふむ」父もつぶやく。

「一橋様とご対面なさっていたのやもしれぬな」

言いながら歩き出した。

壱之介もあとに続いて、表の玄関へと進む。

表の玄関を使うのは大名や重臣らに限られており、そうでない者は横の戸口から出入りをする。

玄関から松平定信が出て来た。

廊下で見たのと同じ姿で、玄関前の中雀御門《ちゅうじゃくごもん》をくぐって行く。

その姿はすぐに坂道に消えた。

「さあて」父が踵を返した。

「我らは戻るとしよう」

はい、と壱之介はそのあとに続いた。

二

六月十五日。

新番所に、番士が駆け込んで来た。

「知らせだ」

見上げる皆を、見渡す。

「新しい老中首座が決まった。松平越中守定信様だ」

「えっ」

皆から声が上がる。

「首座とは」新右衛門が腰を浮かせる。

「いきなり、どういうことだ。前の首座、周防守様は……」

「松平周防守様は首座を外されたそうだ」

その返答に、皆が口を結ぶ。

なんと……。壱之介は思わず立ち上がった。家斉の顔が頭に浮かぶ。

番士のなかからささやきが生まれた。

「周防守様は定信侯の老中就任に反対なさっていたと聞いた。そのせいもあって、首座を罷免《ひめん》されたのではないか」

「うむ、見せしめの意味合いもあるであろうな。逆らえば、こうなるという」

ううむ、という唸り声が重なる。

そこに足音がやって来た。

「壱之介殿」

廊下に立ったのは小姓の梅垣だった。

「はい」

近寄ると、梅垣は低い声で言った。

「上様がお呼びです」

壱之介はそっと唾を呑み込んだ。

はい、と廊下に出て、中奥へと進む梅垣のあとに続く。

が、部屋の前で梅垣が立ち止まった。

中から人の声が聞こえてくる。

「確かめてきますので、こちらでお待ちを」

そう言うと、梅垣は隣の部屋へと入って行った。

壱之介は廊下に座ってかしこまった。

聞こえてくる家斉の声に、壱之介は思わず耳を澄ませた。

「これまで御政道に参画《さんかく》したこともない者を、いきなり老中首座に据えるなど、おかしいではありませんか」

「なあに」治済の声だ。

「定信は藩主を継いでもう四年になる。続く飢饉《ききん》にもうまく対処し、手腕を発揮しているではないか。白河藩では餓死した者はない、と自ら胸を張っていたぞ」

「それは、田沼意次が米の買い占めはならぬとお触れを出したにもかかわらず、真っ先に買い占めを行ったせい、だと聞いています」

家斉の言葉を、ふうむ、と治済の声が躱《かわ》す。

「まあ、時には強引なやりようも功を奏す、ということだ。近頃、方々で打ち壊しが激しくなっていると伝わってきている。強い手立てを打たねば、対処できぬであろう」

　長く飢饉が続いているせいで、地方で一揆や打ち壊しが起き、それは宿場町や江戸にも及んでいた。

　治済の声が続く。

「定信は仁政を敷いてみせると意気込んでおった。あの強気、幕閣となれば役に立つであろう」

「されど、父上……」

「よいのだ」治済の声が強くなった。

「あれはこれまでにいろいろとあったゆえ、ちと褒美《ほうび》を取らせたほうが使いやすくなるというもの。政には、そうした忖度《そんたく》も必要なのだ」

　家斉の声がやんだ。

　壱之介はさらに耳を澄ませた。おそらく、なにかをつぶやいておられるのだろう……。その、面持ちが目に浮かんだ。

「案ずるな」治済の声が穏やかになった。

「いずれにしても、そなたが対する必要はないのだ。表向きはわたしが差配するゆえ、まかせておればよい」

「ですが……父上……」

家斉の声が低く漏れてくる。

と、壱之介の背後に人の気配が立った。

振り向くと梅垣が立っていた。

「すみませぬ」梅垣が目元を申し訳なさそうに動かす。

「上様はご来客ゆえ、半刻《はんとき》（一時間）のちに出直していただけますか」

「あ、はい」

壱之介は膝を回して梅垣に向くと、頭を下げた。


半刻後。

戻って来た壱之介は、中奥の座敷へと通された。

向き合った家斉は、顔にほんのりと赤味が残っていた。父との対話で上気したと見える。その顔で、壱之介に頷いた。

「近う寄れ」

はっ、と膝行すると、家斉は眉を寄せた顔を左右に振った。

「聞いたであろう、老中首座のこと」

「はい」

壱之介が顔を上げると、家斉は首を伸ばしてきた。

「そなたに頼みがある」

「はっ、なんなりと」

言いつつも、そっと息を呑むと、家斉は声を低くした。

「町に出て、ようすを探ってほしいのだ」

「町、ですか」

「さよう。この先、定信はなにをし始めるかわからぬ。権勢を握ったのをよいことに、いろいろと変えようとするに違いない。そう思わぬか」

「はあ……確かに、金も力も持てば使いたくなるのは人の常、かと」

「そうであろう。そなた、町の者らがどのような声を上げるか、見て来てほしい。公儀への不満などが出たら、すぐに知らせるのだ」

「はあ」

頷きつつ、なるほど、と壱之介は思った。定信侯の失点を掌握なさりたいのだな……。

「あ、ですが」壱之介は声を低めた。

「探索であれば、今度こそ御庭番が使えるのではないですか」

ふむ、と家斉は眉を動かす。

「それも考えてはいる。だが、まだどのような者達かわからぬからな。なにしろ、御庭番は老中も使うことができる。となれば、こちらの下命などが筒抜けになるやもしれぬではないか」

ううむ、と壱之介は口を歪めた。そのようなことが起こりうるのだろうか……。

「そなた、知っているか」家斉が顔をしかめた。

「老中の水野《みずの》忠友《ただとも》のこと……」

あ、と壱之介も顔を歪める。

水野は財政を司る勝手掛《かってがかり》として、田沼意次の政策を支えていた。互いの信頼も篤く、水野は意次の息子を養子に迎え、跡継ぎにも据えていた。しかし、意次の失脚と同時にその息子を廃嫡《はいちゃく》し、養子を解消したのだ。

「田沼家と縁を切って、新たに縁戚から養嗣子《ようしし》を迎えたそうですね」

「うむ」家斉が顎を上げて首を振った。

「余はそれを聞いて呆れたのだ。仁も誠もない所業、己の出世しか念頭にないということであろう」

壱之介が黙って頷くと、家斉は眉を寄せた。

「そのような者が老中なのだ。余は城の者らは信用せぬ。信頼できるのは、そなたら、西の丸からついてきた者達……」

動かしていた口をぐっと結んだ。と、家斉は拳を握った。

「が、それも奪われた。意致も横田《よこた》も本郷《ほんごう》もいなくなってしまった」

四人いた御側御用取次のうち、田沼意致と本郷泰行《やすあき》、横田準松《のりとし》の三人は五月下旬に罷免されていた。三人は田沼意次の傘下《さんか》だった。残った小笠原信喜《おがさわらのぶよし》は、田沼の勢力に対立する者だった。反田沼ともいえるその勢力は、松平定信についていた。

家斉は拳で己の膝を打った。

「城中から、田沼意次についていた者らが次々に排されている。まるで、戦いのようだ」

顔を歪ませる家斉に、壱之介は黙って頷いた。

「定信は」家斉は眉を動かした。

「隠密を使っているそうだ」

「隠密、ですか」

「うむ、城中にも町にもあやつの隠密が放たれているらしい」

壱之介は唇を噛んだ。では、そうした隠密に対抗せねばならないのだな……いや、わたしも密命を受けての探索となれば、隠密のようなものか……。

そう思うと、すっと息を吸い込んだ。

「わたしで務まるかどうか……なれど、ご下命、謹《つつし》んでお受けいたします」

「そうか」家斉の眉が弛んだ。

「うむ、そなたならできよう。以前の探索も見事に果たしたではないか。早速、明日から町に出よ」

「はっ」

かしこまって頭を下げる。その顔をぐっと引き締める。町を歩ける、と思うと、口元が弛みそうになっていた。それをいやいや、と抑え込んだ。これはご下命、あくまでも探索だ、と己に言い聞かせる。

家斉はまっすぐに壱之介を見る。

「なにか見聞きすれば、すぐに知らせに参れ。なにもなくとも、時折は参って報告せよ。新番の番頭には話を通しておくゆえ、出仕の心配は無用だ」

「はっ」

壱之介は顔を上げて、頷いた。

家斉がそれに大きく頷き返した。

三

日本橋の通りを、壱之介は歩き出した。表通りは相変わらず賑やかだ。

そこから離れ、壱之介は両国《りょうごく》へと向かった。

大川《おおかわ》（隅田川《すみだがわ》）が流れ、大きな橋が架けられている。両国橋だ。

壱之介は、いるな、と口中でつぶやいた。

橋詰《はしづめ》に役人が立っている。橋番だ。

長い棒を手にして、橋にやって来る人々をぎろりとした目で見ている。

壱之介はその横を通って、橋へと足を踏み入れた。

橋を渡り始めると、何カ所かにやはり役人がいた。

本当だったのだな、と壱之介は役人を見ながら歩いた。

この五月に、橋から飛び込んで命を絶つ者が増え、それを防ぐために番人が置かれた、と聞いていた。

壱之介は橋の欄干《らんかん》から身を乗り出し、川面を覗き込んだ。

上下に行き交う舟は多いが、両岸をつなぐ渡船《とせん》は見えない。

橋から飛び込むことができなくなったため、渡船から身を投げる者が続き、渡し船そのものが廃止になっていた。

それも真だったか、と壱之介は身を起こすと上流を見た。

天明三年に、浅間山《あさまやま》が大噴火を起こし、麓《ふもと》は火山灰で埋まり、気候の変動も招いた。米は不作となり、飢饉が生じた。さらに去年、大雨で積もった火山灰が利根川《とねがわ》に流れ込み、大洪水を起こした。それは江戸にも及び、多くの被害が生じたのだ。

壱之介は踵を返し、元の橋詰へと戻り始めた。

橋詰の広小路には、隅に座り込んだ人々の姿があった。飢饉のため地方から江戸へと流れ込んで来た人々だ。

公儀ではお救い米やお救い金を配ったものの、皆に行き渡ってはいない。飢えた者や窮した者が、町のあちらこちらに力なく座り込んでいた。

その広小路に、声が上がった。

「待てっ」

声の前を子供が走って来る。

胸になにかを抱えた少年は、足下がおぼつかない。

追って来る男は、腕を振り上げている。

「盗人だ、捕まえてくれ」

壱之介は少年に駆け寄った。

横からその腕をつかむ。と、思わず放しそうになった。つかんだ腕が余りに細かったからだ。

少年は振りほどこうともがくが、壱之介の手から抜ける力などない。

追ってきた男は、はあ、と息を吐いて立ち止まった。

「こいつっ」

そう言って、少年に手を伸ばした。

「いや、お待ちを」

壱之介は少年を引き寄せ、その胸元を覗き込んだ。

手でつかんでいるのは、鰻《うなぎ》の蒲焼《かばや》きだ。

男がそれを指で差す。

「客が来たんで岡持《おかもち》を開けたら、手を突っ込んで来やがったんで。ったく、油断も隙もありゃしねえ」

「そうか」

壱之介は少年を改めて見た。頬はこけ、着ている着物はぼろぼろだ。飢饉の村から逃げて来たに違いない。

「よし、わたしが金を払おう」

少年の腕を放し、懐に手を入れた。

「そんなら」少年が顔を上げた。

「もう一個、買っとくれよ」

くぼんだ目で壱之介を見上げる。

鰻屋は、ふうん、と首筋を掻いた。

「ありますぜ、まだ」

振り向いて、道に置いた岡持を顎で示す。

「そうか、では買おう」

そちらに歩き出すと、少年は横についてきた。

岡持を開けると、経木《きょうぎ》を広げ、男は少年に差し出した。

「そら、ここに置きな。一緒に包んでやっから」

そう言って、もう一枚の蒲焼きと重ねる。

金を払いながら、壱之介は少年を覗き込んだ。

「誰かいるのか」

親か、兄弟か……。そう思いながら見つめる壱之介に、少年は、

「うるせえ」

と、口を開いた。その手で包みをひったくるようにつかむと、人混みのなかへと駆け出した。

はん、と鰻屋が肩をすくめる。

「しょうもねえや」岡持を持ち上げる。

「ありがとござんした」

男も人混みに消えて行く。

壱之介は苦笑を浮かべて肩をすくめると、両国橋に背を向けた。


足の向くまま、壱之介は道を歩いていた。

辻を曲がって進むと、おや、と左右を見回した。

書物を並べた店が、軒を連ねている。通油町《とおりあぶらちょう》だ。

この通り、前に来たことがあったな……。そう思い返し、店を覗き込みながらゆっくりと歩いた。が、その足を止めた。

「兄上」

弟の吉次郎が、前からやって来たからだ。着流しに脇差しだけの、町人のような姿だ。

「おう」と、立ち止まった壱之介に、弟が駆け寄る。

「珍しいですね、兄上。今日は非番ですか」

「ああ……いや」壱之介はそっとささやく。

「町の探索なのだ」

「探索……お役目ですか」

「まあ、そういうことだ」

へえ、と目を丸くする吉次郎の胸元を、壱之介は指さした。風呂敷包みを両腕で抱えている。

「そなたは仕事か」

「ええ」吉次郎は顔を巡らせて、横にある店を顎で示した。

「蔦屋さんに絵の見本を持っていくんです。このあいだ、直しが入ったので、柳斎《りゅうさい》先生が新しく描き直したのも含めて」

柳斎は吉次郎が弟子入りした絵師だ。

顎で示された店を見ると、蔦屋と書かれた看板が掲げられていた。

「ほう、ここが蔦屋か」

版画や本を出している書肆だ。吉原や江戸の案内を著した本や読み物の黄表紙、狂歌本など、多くが人気を博し、地方でも知られている。店主の蔦屋重三郎《じゅうざぶろう》の名も知れ渡り、江戸っ子には蔦重《つたじゅう》という通称で呼ばれていた。

「見せるとは」壱之介は弟を見た。

「誰にだ」

「そりゃ、重三郎さんですよ。絵を見る目は一番ですから」

じゃ、と歩き出そうとする吉次郎の腕を、壱之介はつかんだ。

「わたしも……」

「は？」

「ああ、その、挨拶したいのだが」

はあ、と吉次郎は首を小さくひねってから、笑いを噴き出した。

「いいですよ、蔦屋さんは懐の大きなお方ですから、大丈夫でしょう」

笑顔で歩き出す弟に、壱之介はついて行く。

店に入って手代らに挨拶をしながら、吉次郎は勝手知ったるふうで、「お邪魔します」と上がって行く。

壱之介もそれに続いた。

吉次郎が奥の部屋を覗き、

「ごめんください、柳斎の使いです」

と大声を出すと、「おう」と声が返ってきた。

「吉次郎か、入れ」

はい、と入って行く吉次郎の後ろから、壱之介は首を伸ばした。

黒縁の眼鏡《めがね》をかけた男が、ん、と見る。

「あ」と吉次郎が振り向く。

「すみません、兄が挨拶をしたいと申しまして」

壱之介は慌てて座敷に入って正座をすると、かしこまった。

「弟の吉次郎がお世話になっているそうで恐縮です。わたしは不二倉壱之介と申します」

「ほう」重三郎は眼鏡越しに壱之介を見る。

「兄さんも絵師を目指すのかい」

吉次郎は十五歳の元服と同時に、柳斎に弟子入りをしていた。

「いえ、わたしは長男なので、家を継がねばならず……」

「ああ、そうかい。家は確か旗本だったな、そりゃお役目ってもんだ」

重三郎は手で吉次郎を近くに招く。

「どれ、見せてみろ」

はい、と風呂敷を広げて、吉次郎は中の絵を並べた。

ふうん、と重三郎は目を移していく。

「よくなったじゃねえか。みんな違う顔になった」

絵には幾人もの男女が描かれている。

「前はみんな似たような顔だったからな。けど、本物の人は違う。同じ顔のもんなぞ、いやしないんだ」

「はい」

吉次郎はかしこまって頷く。

「いいよ」重三郎は膝を叩いた。

「これで仕上げるように、柳斎先生に伝えてくれ」

はい、と吉次郎は絵をしまう。

腰を上げようとする吉次郎の横で、壱之介は頭を下げた。

「お邪魔をいたしました」

「なあに」と言いつつ、重三郎はすでに置いてあった本を手に取っていた。

店を出ると、壱之介はほうっと息を吐いた。

「ね」と吉次郎はにやりとする。

「大きいお人でしょう」

「うむ、肝《きも》が据わったお方と見える」

「ええ、けど、兄上が物見高いとは、意外でした」

笑う吉次郎に、壱之介も苦笑した。確かに、有名な蔦重に会ってみたいという気持ちはあった。が、それだけではない。

「実はな」低い声でささやく。

「繋ぎをつけておきたかったのだ。この先、町のことを知るのに、もってこいのお方だと思ったゆえ」

え、と吉次郎は笑みを消した。

「この先とは……探索とやらはずっと続けるのですか」

「うむ、が、このこと、他言は無用だぞ」

はい、と吉次郎は神妙に頷くと、再び笑顔になった。

「では、また町で会えますね」

風呂敷を抱え直すと、吉次郎は「じゃ、これで」と踵を返した。

「お師匠さまがお待ちですので」

くるりと背を向けて走って行く。

壱之介はその背中を見送った。

四

翌日も、壱之介は通油町に足を運んだ。

どのような書物が出ているのか、これも探索だ……。そう己に言い聞かせながら、半分はいいわけだとわかっている。見て歩く面白さに勝てないだけだった。

表通りから、横道へと入っていく。細い道には、小さな店が並んでいる。

貸本、という看板を見つけて、壱之介は寄って行った。

店先の台にはたくさんの本が並べられている。

一人の武士がそれを手に取って見ていた。

店の奥から、荷を背負った若者が出て来た。

「行って参ります」

「おう、しっかりな」

帳場台に座った主が声で送り出す。

なるほど、と壱之介は若者を見送った。得意先を回るのだな……。

本は高価なため、借りて読む人が多い。出商いとして、本を背負って歩く貸本屋は多かった。

壱之介は武士の横に立って、並んでいる本を覗き込んだ。

そこに、反対からやって来た男が、

「ごめん」

と、店先に立った。

壱之介はその姿を横目で見る。月代《さかやき》の髪が伸び、額に垂らしている。浪人だな、と胸中でつぶやいた。

「はい、なにか」

奥の主が顔を上げると、男は手にしていた風呂敷包みを差し出した。

「書物を買い取ってもらえるか」

はあ、と主は帳場台から下りて出て来た。

「どういうご本か、見せていただけますかな」

手を伸ばして包みを受け取ると、台の隅に置いた。

現れた書物を、壱之介は思わず覗き込む。

横に立っていた武士も、首を伸ばしてきた。

「はあ……『孫子《そんし》』、『書経《しょきょう》』それと『大学《だいがく》』ですか。こういう難しいのは、うちではちょっと……」

「しかし」浪人が足を踏み出す。

「武士の客もいるであろう」

主は「まあ」と壱之介と武士をちらりと見る。

「さいですねえ、けど、うちで人気があるのは、もっぱら面白い草紙《そうし》でして……」

そこに、武士が回り込んだ。

「どれ、見せてみろ」

手を伸ばすと、『孫子』を取り上げた。

「ほう、ずいぶんとよい造りだな」

武士は浪人に横目を向けると、頭からつま先までをじろじろと見た。

「これほどの造本、大名の文庫でなければ見られぬものだが」

武士は上目遣いになる。

「そこもと、いかにして入手した。盗品ではあるまいな」

冷えた声音に、浪人は顔を赤くした。

「無礼なっ、これらは殿から拝領した物だ」

「ほう」武士は尖った顎を上げる。

「どちらの殿様だ」

「先の老中田沼様だ」

「田沼……」武士は顔をひしゃげる。

「なんと、そなた、あの悪漢の家臣であったか」

太い笑い声を放つ。

「ぶ、無礼者っ」

浪人は刀に手をかける。

「ふんっ」と武士は鼻を鳴らした。

「真のことを言うてなにが無礼か。この本とて、どうせ賄賂で買った物であろう。いかにも田沼らしいわ」

身を反《そ》らして笑う武士に、浪人が鯉口《こいぐち》を切る。

「黙れっ」

「黙らぬわ、田沼の悪政は子供でも知っていることよ」

浪人の頬が引きつる。

「おのれ、許さん」

刀を抜いた。

「ほう」

本を放り投げて、武士も刀を抜く。

あわわ、と本屋の主は手を振る。

「お、おやめください」

その声は、浪人の気合いにかき消された。

「やあっ」

刀を振り上げる。

「こいっ」

武士が振り下ろされる刃を受ける。

刃のぶつかる音が響いた。

壱之介は主を店の奥へと押しやり、振り向いた。

浪人の刀が弾かれて、横に回される。

武士は息を吸って、刃を振り上げた。

まずい、と壱之介は自らも刀を抜く。

武士の刃が、浪人の肩に下りた。

「よせっ」

壱之介は飛び出した。

武士の腕を峰で打つ。

が、すでに武士の刃は浪人の肩を斬っていた。

「そこまでだ」

壱之介はあいだに割って入った。

ふんっと、武士は顔をしかめる。

「助太刀《すけだち》か」

「そうだ」壱之介は刀を構える。

「行きがかりだが、そこもとの無礼、見過ごしにはできぬ」

「若造が」武士が口を歪める。

「片腹いたいわ」

武士が刀を下に回し、上げる。

脇を狙っている……。壱之介はすぐに身を躱す。

「とうっ」

上から刃を止める。

互いの刃が交差したまま、じりじりと向き合った。

と、武士が目を動かした。壱之介の後ろを見ている。

背後から足音が駆けて来るのが、壱之介の耳に飛び込んだ。

「ちっ」

武士は壱之介の刃を弾くと、自分の刀を納めた。

「勘弁してやろう」

そう言うと、背を向けて走り出した。

壱之介は、はっとして振り向く。

すぐ後ろで、浪人が肩を押さえていた。

「大事ないか」

覗き込む壱之介に、浪人は頷く。さほどの出血ではない。

その横で駆けて来た足音が止まった。

「なにごとか」

黒羽織の役人が、目の前に十手を差し出す。

「いや……」

顔を上げた壱之介は、「あっ」と声を出した。

役人も同じ声を上げげる。黒羽織は定町廻りの清野だった。

「なんと」

互いに声を重ねて向き合った。

「なにがあった」

清野は浪人を見る。町奉行所は幕臣を取り締まることはしない。が、浪人や他国の藩士は町奉行所の監察対象だ。

あの男、と壱之介は思う。どこかの藩士であろうな……しかし……。

「いや」壱之介は浪人の前に立った。

「逃げて行った侍に、絡まれたのです」

「絡まれた、とは、知らぬ相手ということですかな」

「そうです」壱之介は浪人の背に腕を回した。

「幸い深手ではないので、大丈夫です」

ふうむ、と清野は十手で己の肩を叩く。

「まあ、そう言うのであれば」

壱之介は浪人の腰を押して、「では」と歩き出す。

「参ろう、手当をせねば」

そう耳にささやくと、浪人は小さく頷いた。


神田の道を、壱之介は浪人に付き添って歩いた。斬られた肩を押さえているせいで、時折傾く身体に、壱之介は手を添えた。

辻をいくどか曲がって亀山町《かめやまちよう》の裏道に入ると、

「ここです」

浪人は長屋の木戸門を顎で指した。徳兵衛《とくべえ》長屋と書かれた板が、門に打ち付けられている。

浪人に手を添えて、壱之介も入って行く。

開いたままの戸口をまたぐと、浪人は上がり框にどっと腰を落とした。

堪えていたらしい「うぅ」という呻き声が上がった。その声に、

「兄上」と、奥から娘が飛び出して来た。

「どうなさったのです」

かがんだ娘は肩の血に、「ひっ」と声を上げる。

「騒ぐな、大した傷ではない」

壱之介は青ざめる娘を見た。

「医者を呼んだほうがよい」

いや、と浪人は首を振った。

「これくらいであれば医者は無用……それよりも、かたじけないことであった」

浪人が見上げる。

「わたしは秋川友之進《あきかわとものしん》と申す。これは妹の紫乃《しの》。そこもとのお名を訊いてもよろしいか」

壱之介は頷いた。

「わたしは不二倉壱之介と申します」

友之進はひとまわりくらい年上に見える。が、紫乃は自分とさほど変わらない年頃のようだった。色白に赤い唇が浮き立って見える。見つめた壱之介は、目が合いそうになって、慌てて逸らした。

友之進は妹に顔を向けた。

「こちらの御仁《ごじん》が助太刀に入ってくださったのだ。役人が来たのだが、それもうまくかわしてくだすった」

「まあ」と紫乃は深々と頭を下げた。

「かたじけのうございました」

「いや」壱之介は小さく首を振った。

「番屋に連れて行かれると、その先、面倒なことになりますから、その場で収めただけです」

「助かりました」

改めて礼をしようとする友之進を、壱之介は手で制した。

「いえ、それよりも早く手当をなさったほうがよい。血を止めねば」

ああ、と紫乃は兄の腕を引いて、座敷へと上げる。手伝おうとする壱之介に、紫乃は小さく首を振った。

「あとはわたくしが……ありがとうございました」

その戸惑いを浮かべた面持ちに、壱之介は後ろに下がった。

それはそうか、と壱之介は思う。見ず知らずの者は警戒して当たり前だな……。

「では、わたしはこれにて」

頭を下げる兄妹に背を向けて、壱之介は長屋をあとにした。

五

「ほう」と父の新右衛門は顎を撫でた。

「では、その御仁、田沼家を辞して浪人となったのだな」

壱之介は話し終えて、息を吐いた。

「はい、田沼家は家禄を減らされたのでしたよね」

「うむ、去年の閏《うるう》十月に二万石を召し上げられ、同時に上屋敷と大坂《おおさか》蔵屋敷の返上も命じられた。田沼様は謹慎の処分ともなっておられる。その際に、多くの家臣を解雇したそうだ。だが、それでもまだ三万七千石の禄が残されていたゆえ、解雇した家臣には過分の金子《きんす》を渡したと聞いている」

「そうでしたか。では、秋川殿もそのお一人だったのですね」

「であろう。しかしその後、田沼家の家臣であった者は、どこにも仕官できていないそうだ。どの家も失脚した田沼家と関わりを持ちたくない、ということで背を向けているらしい」

顔をしかめる父に、壱之介も眉を寄せた。

「なによりも保身、というのはいかにも武家らしいですね」

「うむ、我らのような下っ端にはさほど及んではこぬが、上に行けば行くほど、権勢との関わりが深いからな。その分、変わり身も早い。それも処世の術、ということであろう」

苦笑する父に、壱之介は膝行して間合いを詰めた。

「で、父上、わたしは秋川殿の傷が気になっているのです。なので、家にある金創《きんそう》（刀傷）の薬を頂戴してもよいでしょうか」

「ふむ、あれか……よいぞ、持っていけ」

「ありがとうございます」

面持ちを弛めて、壱之介は父に頭を下げる。と、その顔を廊下に巡らせた。

足音が近づいて来る。

「おや、吉次郎ですね」

昨日、町で会ったことはすでに話してあった。

「父上」吉次郎は返事を待たずに、障子を開けた。

「あ、兄上もこちらでしたか。いや、ちょうどよかった」

ずかずかと入って来ると、兄の横に座った。

「父上、わたしはよい考えが浮かんだのです」

「ほう、なんだ」

「はい」吉次郎は兄を見る。

「兄上のお役目を聞きました。町を探索なさるそうで、となれば町に根城《ねじろ》がいるのではないでしょうか」

「根城、とな」

笑う父に、吉次郎は大真面目に頷く。

「そうです。町を歩けば疲れます。それに、見聞したことを書き留めたりもせねばならぬでしょう」

「ほう」

父は真顔になった。壱之介も、なるほど、とつぶやく。

「で」吉次郎は父に膝で寄って行く。

「根城として長屋を借りてはいかがでしょう」

「長屋、とな」

「はい、長屋であれば店賃《たなちん》はさほどではありません。で、普段はわたしが留守居役《るすいやく》をします」

「そうか」父が膝を打った。

「読めたぞ、そなたの魂胆《こんたん》が。自分が寝泊まりする部屋がほしいのだな」

へへっ、と吉次郎は首筋を掻く。

「いやぁ、師匠の家は狭くて……それに最近、弟子が増えて、寝る部屋がいっぱいなのです。寝相の悪い者に蹴飛ばされるわ、腕で顔をはたかれるわ、さらにいびきのうるさい者までいて、満足に眠れぬ始末で……」

そう話す弟の横顔に、壱之介は失笑を向けた。

「それで、わたしをダシにしたのか」

「いえ」吉次郎は肩をすくめる。

「ダシはダシでもよい味わいかと。兄上とて根城があれば、重宝《ちょうほう》することは間違いありません。ね、よい考えでしょう」

にこにこと笑う弟に、壱之介もつられて笑顔になった。

「まあ、確かに名案かもしれん。書き物や調べ物をする場所がある、というのは便利だ」

「でしょう」

吉次郎は満面の笑顔で頷き、それを父に向けた。

見つめられた父は、手を払うように振った。

「ああ、わかった。そのための金を出せ、ということだな」

「はい」吉次郎が手を合わせる。

「お願いします」

壱之介もそれに同意する目顔を父に向けた。

「承知した」父が二人の息子を交互に見た。

「そなたらが町で助け合うとなれば、わたしも心配が減る。長屋の店賃くらい、なんとかなろう」

「ありがとうございます」

吉次郎が手を擦り合わせながら頭を下げる。壱之介は、笑いが込み上げた。こやつ、すっかり町人の振る舞いが身についたな……いや、悪くはないが……。

壱之介もそれを真似る。

「かたじけのうございます」

「これ」父が苦笑しながら手で制す。

「拝むでない、まだ仏にはなっておらん」

ははあっ、と兄弟は頭を下げた。

翌日。

壱之介は長屋の戸口に立った。

「ごめんくだされ」

暑さから半分開けられたままの戸から、そっと中を覗く。

「はい」

紫乃の姿が現れて、土間に下りてくる。その目は壱之介を認め、頭を下げながら近寄って来た。

「昨日は、兄がお世話になりました」

「いえ。いかがですか、お加減は」

首を伸ばすと、奥から友之進が腰を浮かせた。

「これは……どうぞ、中へ」

「では」と壱之介は紫乃に会釈して、入って行く。

上がり框に腰を下ろそうとすると、

「お上がりを」と、紫乃は手で促した。

「兄から詳しく聞きました。昨日はご無礼を」

申し訳なさそうな面持ちに、壱之介は慌てて手を上げた。

「とんでもない」座敷に上がると、壱之介は懐に手を入れた。

「今日は薬を持参したのです。金創に効く軟膏で、我が家でずっと使っている物でして……いかがですか、傷のほうは」

「これは」友之進はかしこまった。

「かたじけないことです。実は傷が熱を持って痛むもので、薬を買いに行かせようかと思うていたのです」

「まあ、兄上」紫乃が形のよい眉を歪めた。

「なれば、早く言ってくだされればよかったのに」

「いや、まあ……」

友之進は苦笑する。

壱之介はその手元を見た。昨日、貸本屋で差し出していた三冊の書物だ。

「あ、昨日の書物、返してもらったのですね。店に置いてきたことをあとになって思い出して、迂闊《うかつ》であったと……」

「とんでもない。あのような騒ぎになって……これは、先ほど、紫乃に取りに行ってもらったのです」

「そうでしたか」壱之介は本を見る。

「これは田沼様から拝領されたのでしたね」

ええ、と友之進はそっと本に手を置く。

「本は意知様の持ち物だったのです」

「そうなのですか」

「はい。意知様が若年寄になられて、中屋敷に移る際、わたしもそちらに付き従っていったのです」

「そう、でしたか」

壱之介は、意知暗殺の日のことを思い出す。城中は大騒ぎで、西の丸にもその騒乱ぶりは伝わって来た。

友之進は大きな息を吐いた。

「意知様の遺品として、殿から頂戴したのです」

眉間に現れた皺を、壱之介は見つめた。意知様を慕っておられたのだな……。

「兄上」紫乃が口を開いた。

「売らずともよいではないですか。わたくしも仕事を探しますから、なんとかなりましょう」

友之進は皺を深めて顔を上げた。

壱之介にその目を向けると、友之進は面持ちを弛めた。

「わたしたちは遠州《えんしゅう》から、二人で江戸に出て来たのです。両親が亡くなり、途方に暮れていた折、江戸の田沼様が浪人を雇い入れていると聞いたもので……」

「なるほど。田沼様は身分、出自にかかわらず才ある人を次々に家臣としてお抱えになったと……あ、ご無礼を、秋川殿のことでは……」

「いや」友之進は小さく首を振る。

「わたしもまさにそれです。秋川家の出自は大したものではありません。元は北条《ほうじょう》家の足軽だったようですし。されど、田沼家に入って、よくわかりました。本当に、町人出や百姓出のお人が家臣になっておられた。が、皆、才覚のあるお方らでした」

へえ、と壱之介は胸中でつぶやく。噂には聞いたことがあったが、真だったのか……。

「田沼様はこれまでの御政道にはなかった策を考えられて、財政を立て直したと聞いています。さまざまの方面に、進取の気概がおありだったのでしょうね」

壱之介の言葉に、

「はい」友之進は大きく頷いた。

「殿は形にとらわれず、すべてに大きな見方をされるお方でした。意知様は、さらに広く世を見るお方で……」

友之進は息を詰まらせた。

咳を払うと、その顔を振った。

「ああいや、よけいなことを……すみません、今となっては愚痴《ぐち》とも言われかねぬことを……」

「いえ」

壱之介も顔を振りつつ、昨日の光景を思い出した。そのような思いであれば、あの武士の言葉、さぞかし口惜しかったことであろう……。

友之進はかしこまって頭を下げた。

「昨日に続き、今日のお気遣い。真にかたじけないことでござった……」

その顔を小さく傾ける。

「不二倉殿は、どこぞの御家中か」

あ、と壱之介は息を呑んだ。他言無用の役目を負っている身として、真のことは言えない。

「はあ、ええと、ある家に仕えておりまして……」

嘘ではない、それが徳川家というだけのことだ……。己にそう言い聞かせながら、言葉を探す。

「ですが、まだ見習い中で、暇なのです」

言いながら、壱之介は腰を上げた。嘘を重ねて、ぼろが出てはまずい……。

「すっかり邪魔をいたしました。どうぞ、薬をお使いください」

礼をすると、すっくと立ち上がった。

「ありがとうございました」

頭を下げる兄妹に背を向けて、壱之介は外へと出た。

ふうっと息を吐きながら、長屋を見渡す。向かい合った七軒長屋だ。

根城か、と吉次郎の言葉を思い出していた。

と、一番奥の部屋の戸が開いて、行李《こうり》を抱えた男が出て来た。それを戸の前の荷車に積む。すでに大きな風呂敷包みも積まれていた。

荷車の横では、年嵩の男が腕を組んでいた。

「よけいな荷物を置いてかないでおくれよ。こっそり押し入れの奥に残していくやつもいるからね、油断も隙もありゃしない」

長屋の差配人らしい。

えっ、と壱之介は駆け寄った。

「あのう」

「はいな」

振り向いた差配人に、壱之介は部屋を指さした。

「この部屋は空くのですか」

「さいですよ」

差配人は頷いた。

第三章　蔦屋《つたや》の主

一

壱之介は空を見上げながら、神田の辻を曲がった。
月が変わり暦の上では秋の七月になっていたが、空に浮かんでいるのはまだ夏の雲だ。
徳兵衛長屋に入ると、壱之介はまっすぐに奥へと進んだ。
戸口の前に、吉次郎の姿があった。
「おう」と、壱之介は弟に声をかけた。
「戸が入ったな」
「あ、兄上」と吉次郎は笑顔を向ける。

「畳も敷き終わりましたよ」

長屋では、畳と入り口の戸は店子《たなこ》が入れることになっている。

壱之介が覗き込むと、中から新しい畳の匂いが漂ってきた。片隅には布団も畳んで置いてある。

「ほら、これ」

吉次郎が戸を指で差す。吉、という字が記されている。戸には名を記すことが多い。

「父上に吉次郎とは書くな、と言われたんです。旗本の息子が長屋暮らしというのは、さすがに憚《はばか》られる、と」

「そうか」笑いながら、壱之介は顔を振り向けた。

「よし、では挨拶に行こう」

そう言って、歩き出す兄に弟は慌ててついて行く。

入って右の二軒目が、秋川の家だ。

「ごめんくだされ」

半分開いた戸口から声をかけると、すぐに戸が開いた。

「あら」

紫乃が壱之介に微笑みつつ、横に並んだ吉次郎を見た。

「弟の吉次郎です」

手で示すと、紫乃は「どうぞ」と土間へと招き入れた。

「おう」座敷の友之進が膝を回した。

数日前に訪れたときには、ほとんど傷口はついた、と言っていた。

「話しておられた弟君だな」

「ええ、奥の部屋を借りたので、これからよろしくお願いいたします」

兄の言葉に、弟が続ける。

「不二倉吉次郎です、お見知りおきを」

腰を曲げて、改めて並んだ兄妹に笑みを向けた。

壱之介は二人を目で示す。

「秋川友之進殿と、紫乃殿だ」

二人も「よろしく」と会釈をする。

「吉次郎殿は絵師を目指して修業中と聞きましたが」

友之進の言葉に、吉次郎は「はい」と背筋を伸ばす。

「この近くにお住まいの柳斎先生の弟子をしています」

「まあ、絵師とは、よろしいですね」

微笑む紫乃に目を向けると、吉次郎はそのまま目を留めた。

「桔梗《ききよう》の花だ……」そうつぶやくと、身を乗り出した。

「紫乃殿、今度、絵を描かせていただけませんか。わたしはまだ女人を描いたことがなく……」

足を踏み出す吉次郎に「これ」と壱之介は声を荒らげた。

「無礼だぞ」

紫乃は身を引いて、戸惑っている。

壱之介は弟の頭を拳でこつんと小突くと、その手を開き、頭をつかんで下げさせた。

「はぁ、すみません」

そうつぶやく弟に、壱之介は顔を振って息を吐いた。

「こやつは幼い頃から花や蝶、鳥など美しいものを見ると、絵筆を執らずにいられないのです」

「はい」吉次郎は兄の手を払いのけて、顔を上げた。

「これは性《さが》でして……されど、女人はまだ描いていません。なにしろ、家には母と婆様しかいなかったものですから。あ、婆様はもう亡くなりましたが、ここに皺が寄っていて、ちと怖いお人でした。なので、筆を執ろうという気になったこともなく……」

吉次郎は眉間に皺を寄せて、指で差す。

紫乃が噴き出しそうになって、口元を袖で隠した。その横で、友之進がははは、と笑い声を放った。

身を揺らしながら、友之進は壱之介を見る。

「愉快な弟君ですね。久しぶりに笑いました」

いやぁ、と壱之介はまた吉次郎を小突いて、「失礼を」と紫乃に小さく頭を下げた。

紫乃は引き締めた顔を上げ、まっすぐに吉次郎を見た。

「わたくし、絵はご勘弁ください。町で流行《はや》る美人画というものに、素直によいと思えないのです。女《おなご》の値打ちを美しさや若さで決めるのは、なんとも居心地が悪く……お母上や、その亡くなられた御婆様も、十分にお美しかったはず、と思いますが」

きっぱりとした物言いに、ほう、と壱之介は紫乃を見た。芯の強いお人だな……。

ううん、と吉次郎が横で首をひねる。

「なるほど……それは確かに道理……いや、道理なれども……」

「うむ、道理だ」壱之介は、ばんと吉次郎の背中を叩いた。

「そら、戻るぞ」

そう言うと、兄妹に「では」と腰を折って顔を上げた。

「あ、わたしもしょっちゅう長屋に立ち寄ることになりますので、よろしく」

兄妹は「こちらこそ」と、礼をする。

弟の背を押しながら、壱之介は外へと出た。

吉次郎は「いやあ」と立ち止まると、兄に顔を向けた。

「おかげで長屋も借りられて、助かりました」

「いや、わたしにとってもよかった」

兄の言葉に、

「そうですか」屈託のない笑顔になる。と、踵を返し、

「じゃ、わたしは先生の所に戻りますんで」

走って長屋を出て行った。

忙しないやつめ……。壱之介は苦笑しながらゆっくりと長屋を出た。

表の道に出て、壱之介は神田の町を歩き出す。

道を行きながら、ふと背後に耳をそばだてた。若い男らの声が、聞こえてきたからだ。

「へえ、佐野大明神の墓参りか」

「おう、米の値が下がったのは、田沼意次が失脚して、松平定信様が老中首座になっ

たからだって、みんな大喜びしてるのさ」

「そっか、佐野善左衛門は田沼意知を斬り殺した世直し大明神だったもんな」

「おうよ、そっから佐野大明神になったたってこった」

男二人は壱之介の横を追い抜いて行った。

「そんなら、おれらもお参りに行くか」

「行こうぜ、浅草なんだから、帰りに遊べらあ」

早足になって、北へと小走りで向かう。

なんと、と壱之介は辺りを見回しながら、耳を立てた。

男らが立ち話をしている姿を見つけ、そっと寄って行く。

「米が安くなったのは何年ぶりだよ」

「おう、これで菜っ葉だらけのおまんまを食わなくてもすむってもんだ」

「まったく、佐野大明神様のおかげだな」

壱之介は耳を立てたまま、その横を通り過ぎた。

前の道を歩く男らにも、近づいて行く。

もっと、聞き集めねば……。そう、息を吸って、拳を握った。

二

番町の屋敷に戻った壱之介は、その足で父の部屋へと向かった。

「父上、よいですか」

「おう、入れ」

くつろいでいた父は、膝を回して息子に手招きをした。

壱之介はかしこまって父と向かい合った。

「父上、伺いたいことが……佐野善左衛門政言は新番士だったのですよね。父上はよく知っていたのですか」

「佐野か……わたしは組が違ったゆえ、それほどよくは知らぬ。まあ、だがあの騒動があったゆえ、同じ組の者からいろいろの話は聞いた。どうした、今頃になって」

壱之介は昼間、町で聞いた話をする。

「ほう、今度は佐野大明神ときたか」

「ええ、どのような人柄であったか、知りたいのです」

「そうさな、功名心の強い男、と言えような。以前、前の上様、家治公の御鷹狩りに供奉《ぐぶ》した折のこと……佐野は鴨を一羽、捕らえたそうだ。それを上様にお届けしたゆえ、褒美を期待したらしい。が、お褒めの言葉さえもらえなかったそうでな、それに対してずいぶんと不満を漏らしていた、と同じ組の新番士から聞いた。誰かが、邪魔をしたのではないか、と疑ってもいたらしい」

「そのようなこと、誰が妨げるというのですか」

首をひねる息子に、父も顔をしかめる。

「ふむ、それで田沼意知様を疑ったのではないか、と。まあ、これは騒動があったあとの話だが、佐野が田沼様を怨んでいたのは真のことだ。なにしろ、刃傷に及んだのだからな」

「なにゆえ、だったのでしょう。わたしは元服してまだ間もなかったので、誰も詳しくは教えてくれませんでした」

「わたしも聞いたことしか知らぬ。が、当人は田沼家に貸した佐野家の系図を返さぬゆえ、と申し立てていたらしい」

「系図、ですか」

「さよう。佐野家は藤原《ふじわら》の流れを汲む名家である、と日頃から佐野は誇っていたそうだ。武士の鑑《かがみ》ともされる『鉢《はち》の木』の佐野源左衛門《げんざえもん》の子孫である、とな」

「鉢の木……いざ鎌倉《かまくら》、でしたか。確か、上野国《こうずけのくに》の話でしたよね。旅の僧を貧しい武家が家に泊めてあげたという」

「そうだ、そなたも昔、お祖父《じじ》さまから聞かされたことがあろう。所領を親戚に奪われて貧窮していた佐野源左衛門は、一夜の宿を乞うてきた僧を迎えた日が寒かったゆえ、大事にしていた鉢植えの松と桜、梅を火にくべて暖を取らせたという話だ。それをしながら、佐野は僧に語るのだ。落魄《らくはく》したものの忠義の志は衰えておらず、いつか鎌倉からお呼びがかかれば、真っ先に駆けつける所存、となと」

「はい、覚えています。その僧が、実は北条時頼《ときより》であった、と。で、招集がかかると、実際に佐野源左衛門はみすぼらしい姿ながら、いざ鎌倉、と真っ先に駆けつけた、という話でしたよね」

「さよう、能の演目でも人気でな、かの家康公が大変好まれたということだ」

「確か、佐野家はそれによって新たな所領を授けられたのですよね。松、桜、梅が地名につく土地を」

「そうだ。まあ、よくできた話ゆえ、どこまでが真のことかはわからぬがな。佐野家では、その血筋を誇ってきたのだ」

ふうん、と壱之介は首を傾けた。

「で、その系図を田沼様に貸した、というのですか」

「いや」父は声を低めた。

「佐野善左衛門は、出世を望んで、前から老中田沼様に贈り物をしていたらしい。佐野家は大番士から新番士へと昇格していたものの、さらなる出世を望んでいたのだろう。しかし、出世には繋がらなかった。ゆえに、佐野は田沼様に系図を差し出したらしい。田沼家を名誉ある佐野の傍流に加えてあげよう、という意味合いでな」

「なんと」

目を丸くする息子に、父は片目を細めて頷く。

「しかし、田沼様は血筋や家格にはまったく頓着《とんちゃく》なさらないお方。知れ渡っているように、町人や百姓でも優れたものは家臣とし、家老などの側近にも取り立てておられるほど。系図など、はなから関心を持たれなかったのだ」

「それは、そうでしょうね」

壱之介は秋川友之進の話を思い出していた。

父は頷く。

「で、なんの反応もないことに佐野は苛立ち、怨みを募らせていったのであろう。吟味では、地元の佐野大明神を田沼家の家臣が奪って田沼大明神としたのも許せぬ、と申し立てたそうだ」

「そのようなことがあったのですか」

「そこはわからぬ。田沼家では心当たりがないと言うたらしい」

ううむ、と壱之介は腕を組んだ。

「吟味ではそのことしか言わなかったのですか」

「そう聞いている。牢屋敷では目付《めつけ》らが出向いて尋問を重ねたそうだ。御公儀では、裏で命じた者がいるはず、と踏んでいたのでな。が、その遺恨のことのみしか話さなかった、という話だ」

ふうむ、と壱之介は首を右に左にひねる。

「で、意知様の死と同時に切腹を命じられたのですよね」

「うむ、幕引きを図った、ということであろう。大目付様のご判断で、意知様は病気で亡くなられた、ということにされたのだ。で、佐野は殿中で乱心したために切腹、となし」

ううん、と壱之介は畳を見つめた。

「佐野が田沼様を怨んでいたのは真のこと。で、それを知る者に唆《そそのか》された、ということでしょうか」

「まあ、城中ではそのような見方をするお人が多かった。小禄の新番士がするには、事が大きすぎたからな」

父は天井を見上げると、ほうっと息を吐いた。

壱之介はその顔を窺う。

「新番組としては、災難だったでしょうね」

「そうとも」父は戻した顔で頷く。

「新番組の名折れ、恥として、城中でも肩身の狭い思いをしたわ。我ら全員が疑いや蔑《さげす》みの目を向けられているようで、しばらくは詰め所から出ることを憚ったものだ」

その頃を思い出したのか、父は大きく顔を歪めた。

ふん、と息を鳴らして父は立ち上がる。

「今日は酒をつけてもらうとしよう」

廊下から夕餉のよい匂いが流れてきていた。

三

翌日。

壱之介は上野から浅草への道を歩いていた。

浅草は幼い頃に二度、来たきりだ。

辻で立ち止まり、辺りを見回していると、背中をぽんと叩かれた。

振り向くと、立っていたのは町同心の清野だった。

「かような所で、奇遇ですな」

上背《うわぜい》のある壱之介を、少しだけ見上げていた。

「あ、これは……」壱之介は向き直って腰を曲げた。

「いつぞやは、どうも」

ああ、と清野は目を歪めた。

「あの浪人は大事ありませんでしたかな」

「ええ、もうすっかりよくなりました」

「ならば、けっこう……して、今日は浅草見物ですかな」

清野はにっと笑う。

その意外な笑顔に、壱之介も面持ちを弛めた。

「いえ……あの、佐野善左衛門の墓がどこにあるか、ご存じですか」

ああ、と清野はくるりと身を回した。

「徳本寺《とくほんじ》ね、あちらですよ」

そう言って歩き出す清野に、壱之介は並んだ。

「助かります、この辺りはよく知らないもので」

「もう少し先に行けば、人がたくさん向かっているからわかりますがね。佐野大明神などとはやし立てて、町人どもが集まってますから」清野が苦笑する。

「まったく、なにが佐野大明神だ……米の値が下がったのは、大坂町奉行が米を隠していた米問屋を調べ上げて、米を放出させたおかげだってのに」

「そうだったのですか」

顔を覗き込む壱之介に、清野が肩をすくめる。

「そうですよ。あちらでは、以前から米問屋が不法に米をしまい込んでいるのを突き止めていて、先月、一気に取り締まりに入ったって話です。ここ数年、米の値が上がったのだって、冷害や噴火による不作のせいだ。それなのに、御公儀や田沼様のせいにして、騒ぎ立てて……」

「はあ」壱之介も首を縮めた。

「なんでもお上のせいにしたがる、というのは町人の性なのでしょうね」

清野は顔を振って息を吐く。

「そういうことですな。で、そこにつけこんで、噂を広める者もいる。今度は佐野大明神ときた。米の値下がりは、田沼様の失脚で松平定信様が老中首座に就いたおかげだ、などという話が広まっていて、驚きましたよ。佐野の振る舞いなんぞ、なんの関わりもないってえのに」

「噂……」壱之介は眉を寄せた。

「どこからそのような噂が流れるのでしょう」

さあて、と清野は失笑した。

「大元がどこかなんて、それはわかりませんや。けど、その噂で得をする者、そこが元なのは間違いないでしょう。面白い話に飛びつく町人の足下を見て都合のいい噂を流せば、世相を操ることだってできますからな」

「あぁ、なるほど……」

つぶやく壱之介を、清野は苦笑を浮かべて見た。

「不二倉、壱右衛門《いちえもん》様、と言われましたかな」

いや、壱之介です、と喉元に言葉が浮かび上がったが、そこで止めた。

「あ、様など無用です。旗本と言っても小禄の家、おまけにわたしは見習い中の若輩者ですから」

壱之介は言いながら頭の中で考えを巡らせた。うっかり名乗ってしまったが、密命を帯びた身では軽率だったか……。

「壱、とでもお呼びください」

「壱」清野はつぶやいて笑う。

「そういう犬が……いや、これは失敬。では、壱殿とお呼びいたそう」

清野は、少し歪んだ笑いのまま壱之介を横目で見た。

「佐野善左衛門が騒ぎを起こして切腹したあと、少ししてから世直し大明神と騒がれたのはご存じか」

「はい、聞いています。皆こぞって、墓参りに来たと」

「さよう。連日、大行列で、わたしも連日、見廻りに来たものです。荒っぽい連中が騒ぎなど起こさないようにね」

「そうだったのですか」

「世直し大明神など、誰が言い出したのか知らぬが、お調子者の江戸っ子にとっては、浮かれて騒ぐいい口実になってましたな」

そうか、と壱之介は唇を引き締めた。それもやはり、誰かが意図を持って流した、ということか……。

清野はその考えを読んだかのように、片目を細めた。

「なんにでも裏があるもの……佐野が起こしたあの騒動の折、我ら役人は大忙しだった。御法度《ごはっと》の読売《よみうり》が町中で売られ、取り締まりに朝から晩まで駆けずり回ったもんです」

「読売が売られたのですか」

「さよう。御公儀は意知様は病気と公布したのに、ほどなく騒動が読売に書かれましてな、それも、城中の者でなければわからぬ詳細までが記されていた」

「えっ、そうだったのですか」

驚く壱之介に清野は、ふふっと鼻で笑う。

「わたしは読売を集めましたからな、それで真相を知りましたよ。城中にいた者から話が流れ出た、としか思えない」

「なんと、そのようなことが……」

つぶやく壱之介に、清野はふっと冷えた笑いを見せた。

「ま、その話の大元は一つではなかったでしょうがな」

「え、それはどういう……」

顔を覗き込む壱之介に、清野は肩をすくめてみせる。

「田沼意知様を殺した、ということを広めたい者がいた。殺した側にしてみれば、手柄のようなものでしょうからな。一方、田沼様についていた側にしても、それを世に知らせたい。病死ですまされては腹の虫が治まらない、ということでしょう。で、大元は二つ、ということになる」

「なるほど」

唾を呑み込む壱之介に、清野は横目を向けた。

「あの折に、町にはこんな落首《らくしゅ》が書かれたものです。〈鉢植えて、梅か桜か咲く花を、誰《たれ》たきつけて佐野に斬らせた〉ってね」

え、と壱之介は聞いたその言葉を頭の中で反芻《はんすう》した。

清野は小声になる。

「四方赤良《よものあから》の狂歌だろうって、町では噂したものです」

「四方赤良？」

「おや、ご存じないか。有名な狂歌師ですよ。蔦屋から、狂歌本も出されている」

「そうなのですか」

「そう」清野はさらに声を低めた。

「正体は大田南畝《おおたなんぽ》という御家人ですがね」

「御家人……幕臣なのですか」

壱之介の上げた声に、清野はにっと笑った。

「むろん、公にはしちゃいませんよ。が、皆、知っている」

ふっと息を吐いて、壱之介は思わず立ち止まった。

「そうか、黒幕がいる、ということを知らせたかった人らもいた、ということか……」

つぶやく壱之介に清野は振り向き、早く来いとばかりに顎をしゃくった。

辻を曲がる清野に、壱之介も慌ててついて行く。清野は手を上げた。

「そら、あの寺です」

門前に多くの人が出入りしている。

「墓を見ますか」

清野は言いながら、人をかき分けて入って行く。

続いた壱之介も人のあいだを縫って、墓の前にたどり着いた。

清野の黒羽織に遠慮してか、少し人が引いていた。

縦長の大きな墓石には、〈元良印釈以貞〉と彫られている。

「戒名ですよ」清野がそっとささやいて、台座の右脇を指で差した。

「そこに名が刻まれている」

壱之介が身を乗り出した。

佐野善左衛門、その横に藤原政言、と刻まれている。

清野がそっとささやいた。

「切腹を命じられた罪人だというのに、誰がこのように立派な墓石を建てたものやら」

壱之介は目顔で頷く。その背後から、人が押してきて、思わずよろめいた。

男達が押し合い、ざわめきが四方から上がっている。

「さ、参ろう」

清野が歩き出す。

壱之介も人の輪から抜け出た。

輪から離れて立ち止まり、壱之介は人々のようすを眺めた。男達は祭りのように、はしゃいでいる。

「さて、わたしは行きますぞ」清野は踵を返した。

「見廻りがありますからな」

「あ、はい、案内《あない》、ありがとうございました」

壱之介は出て行く清野を見送ってから、ゆっくりと山門へ向かった。

出る際に、もう一度、振り向く。と、おや、と目を見開いた。

人混みのなかの一人に、目が引かれていた。あの男……。

秋川友之進に斬りつけた武士に似ていた。

身を回して、その姿を追う。が、すでに人混みの中に消えていた。

見間違いか……。壱之介は、そっと寺をあとにした。

四

城の廊下で控えていた壱之介に、小姓の梅垣明之が呼びに来た。

「どうぞ」

中奥の部屋に入って行くと、家斉が手にした扇を振って招いた。

「近うに」

はっ、と向かい合うと、家斉は身を乗り出した。

「いかがであった、町のようすは」

はい、と壱之介は下げていた顔を上げた。

「米の値が下がったことで、佐野大明神がもてはやされて……」

壱之介は、説明をする。

「なんと」家斉は顔をしかめる。

「米の値が下がったのは、佐野も老中首座も関わりがない。公儀が大坂の米問屋を調べさせていたからではないか」

は、と壱之介は眉を寄せた。

「町同心もそのように申していました」

「おまけに」家斉は口を歪ませる。

「それを命じていたのは田沼意次らであった。それが功を奏したのだ」

「そうでしたか」

壱之介が目を見開くと、家斉は眉を寄せた。

「一体、どこからそのような話になるのだ」

家斉は顔を歪ませると、ふうっと大きく息を吐いた。

「いや、大方、都合のいいように噂を流した者がいるのであろう」

唇を噛む家斉を、壱之介はそっと見た。そこまでお見通しであられたか……いつのまにか、ずいぶんとしっかりなされた……。思いながら、いや、と苦笑した。当たり前か、天下の将軍を継がれたのだから……。

「して」家斉は真顔になる。

「ほかには、なにか見聞したか」

見つめられた壱之介は口を開きかけて、やめた。言うべきかどうか……。

迷いを読み取ったように、家斉が目顔で促す。

「これはずっと以前の出来事なのですが」壱之介は思い切って口を開いた。

「田沼意知様が斬り殺された折、読売で町に広く知られたそうです」

「読売で」家斉の顔がまた歪む。

「殿中での刃傷が読売で書かれた、ということか。意知は病死であった、と世には布告したはずだが」

「はい、ですが……」

壱之介は息を吸った。やはり、ご存じなかったか……重臣の計らいで、あえてお知らせしなかったのだな……。

世の騒動は、事によっては将軍や世嗣には知らせずにおく、ということがしばしばあると、壱之介も聞いてはいた。

「取り締まりに当たった町同心に聞いたのですが、事のありさまがつぶさに書かれていたそうです」

「なんと」

家斉の眉が寄る。その顔を、城を見渡すように巡らせた。と、手にした扇で、畳をぴしゃりと叩いた。

「城中から話が洩れた、ということか」

家斉はまた顔を回す。

「やはり、か……」顔に赤味が差し、扇がまた畳を打った。

「城中の者らは信用できぬ、ということではないか」

壱之介は黙って顔を伏せる。しまった、やはり話すべきではなかったか……。そう思うと、腹がぎゅっと締まった。わたしとて、清野の話に驚いたのだ、十五歳の上様には早かったかもしれぬ……。そう考えながら、ちらりと目を動かした。

家斉の赤くなった顔には、いらだちが表れている。

「ほかには……なにかないか」

壱之介はそっと顔を上げた。声も面持ちも穏やかにして、

「いえ、今のところは」

首を振った。

家斉の肩が少し、下がった。

「そうか」

大きく息を吐いて、扇を握った。そして、改めて壱之介を見る。

「うむ、やはりそなたを町に放ってよかった。余の耳には届かぬことが多いと、ようくわかった。大義であった」

「はっ」

低頭する壱之介に、「おう、そうだ」と家斉は扇を向けた。

「忘れるところであった。明之、おるか」

廊下に声を投げかけると、すぐに「はっ」と返事が上がった。

「失礼します」

小さな盆を手にして入って来ると、それを壱之介の前に置いた。盆の上には錦の巾着が置かれていた。

え、と顔を上げる壱之介に、家斉は頷く。

「明之にはそなたに命を下したことを、話してある。したら、こう申したのだ。町で探索となれば、金子が要りようになりましょう、とな」

梅垣明之は笑みを含んだ目顔を壱之介に向けた。

壱之介も目顔で礼を返す。

「されど」家斉は苦笑を見せた。「金子がいかほど要るのか、余にはわからぬゆえ、明之に用意させたのだ」

明之が巾着を示して頷く。

「使いやすいよう、二朱金《にしゆきん》などが入れてあります」

はっ、と壱之介は手に取った。ずしりと重い。

「ありがたき思《おぼ》し召し」

巾着を額に掲《かか》げると、家斉は頷いた。

「引き続き、探索を続けよ」

はっ、と壱之介は膝で下がり、腰を浮かせた。と、家斉の声が上がった。

「ああ、されど二十四日は上野だ、供をせよ」

「はっ、承知つかまつりました」

二十四日、と壱之介は胸の内で繰り返す。家基の月命日だ。

廊下に出ると、壱之介は小さく振り向いた。ふうむ、と口中でつぶやく。将軍の座を継がれたら、もう月命日のご参拝はおやめになるかと思うていたが、続けられるのだな……。

思いつつ前を向くと、城の長い廊下を歩き始めた。

文机《ふづくえ》を脇に抱えて、壱之介は徳兵衛長屋の木戸門をくぐった。

城を出てからここに来る途中、古道具屋で買った物だ。

長屋に入ると、井戸端に野菜を洗う女の姿があった。紫乃だ。

あら、と壱之介に気づいた紫乃は、抱えた文机を見て立ち上がった。

先に立って、奥へと進んで行く。

吉と記された戸に手をかけると、紫乃は、

「開けてもよいですか」

と、壱之介を見た。

「お願いします、かたじけない」

笑顔になった壱之介に、紫乃も微笑んで戸を開ける。

文机を座敷に置くと、壱之介は額の汗を拭った。

「やあ、助かりました」

いえ、と紫乃は土間に入って来ると、傷だらけの文机を見た。

「お屋敷からお持ちになったのですか」

「いや、近くの古道具屋で買ったのです」

ああ、と紫乃は文机を見た。

「古道具屋……なれば、うちでも買えそうですね」

「はい、安い値でしたよ」

壱之介は、ぽんと机を叩く。

紫乃は小さく微笑んだ。

「では、お給金をいただいたら、買いに行くことにします。兄は箱膳を使って書き物をしているのです」

「はあ、それは……お給金とは、仕事が見つかったのですか」

「ええ、口入れ屋がお屋敷に口利きをしてくれたのです。お屋敷と言っても、一万石の大名家の下屋敷なのですけど、そこの奥女中として上がるのです」

「奥女中ですか」

「はい、わたくし、田沼家の奥女中をしていたものですから」

「田沼様の……そうか、兄上とともに務めていたのですね」

「そうです、兄の仕官について行って、わたくしもお願いしたのです。なにしろ、江戸では住む所もありませんでしたから」

「なるほど、なれば奥女中はもってこいですね」

　ええ、と紫乃は頷く。

「お方様に事情を申し上げたら、では今日から、と言ってくださいまして」

　壱之介はお方様、とつぶやいた。

「神田橋《かんだばし》のお方様ですか。田沼様の御側室の……」

　田沼意次の屋敷が神田橋御門の内にあったため、そう呼ばれていた。

「そうです」紫乃は笑顔で頷く。

「おやさしい方で差配もてきぱきとこなされ、おまけにお客あしらいも上手で、いろいろと教えていただきました」

　へえ、と壱之介は考えを巡らせた。確か、その女人……。

「お方様は」紫乃は笑顔のまま言葉を続けた。

「元は町娘で、矢場《やば》にいたそうです」

　え、と壱之介は目を丸くした。隠していなかったのか……。

　紫乃はにこやかに続ける。

「そこに殿が見えてお見初《みそ》めになって、御武家の養女にしてから側室に上げられたそうです。お方様は機転が利いて物怖じもされず、情も細やかなお人柄なので、それを殿がお気に召したのだと思います」

「ほう、そうなのですか」

武家のあいだでも神田橋のお方様は評判だった。表で客の対応もするため、皆に知られていたのだ。

壱之介は城中でいくども見かけた田沼意次の姿を思い起こしていた。遠目に見ていただけで、対面したことはない。

「田沼様は、ずいぶんと度量の大きなお方なのですね」

「はい」紫乃が頷く。

「家臣の皆様は、本当に出自や家格に関わりなく、さまざまなお人がおられました。それぞれの才を発揮して、活き活きとしておられました」

言いながら、だんだんと面持ちが曇っていく。その家臣らが、浪人となったことを思い出したのだろう。

ほう、と壱之介は胸中で思いが広がった。田沼様というのは大したお人なのかもしれないな……。

「あら」紫乃が口に手を当てた。

「いけない、わたくしったら……」

言いながら、土間を出ると、ぺこりと頭を下げた。

「お邪魔してしまいました」

「いえ」

壱之介は手を上げようとした。もっと話したいという思いが湧き上がっていた。が、紫乃は背を向けると、井戸端へと戻って行った。

壱之介は戸口から首を伸ばして、それを見送った。

五

蔦屋の前に立った壱之介は、そっと中を覗き込んだ。

奥では糸を通して本を綴《と》じる作業などをしている。

しばらくそのまま眺めていると、さらに奥から人影が現れた。重三郎だ。

壱之介は拳を握った。重三郎は土間へと下りて、こちらに向かってくる。

「そいじゃ、行ってくるよ」

主の声に奉公人らが声を揃える。

「いってらっしゃいまし」

おう、と出て来た重三郎の前に、壱之介は進み出て、ぺこりと頭を下げる。

おや、と重三郎は眼鏡の奥で眼を動かした。

「ああ、吉次郎の兄さんか」

「はい、不二倉壱之介です」

「なにか用かい」

言いつつも、重三郎は歩き出している。

「はい、少々、伺いたいことがありまして」

横に並んだ壱之介に、重三郎は大川のほうへと顎をしゃくった。

「それじゃ、一緒に舟に乗るかい」

「舟、ですか」

「そうさ、あたしゃこれから吉原に行く用事があるんでね。舟でなら話を聞く暇もあるってもんだ」

「では、お願いします」

早足の重三郎について行くと、大川の畔へと下りて行った。

「お待ちしてやした」

猪牙舟《ちよきぶね》の船頭が棹《さお》を持ち上げる。

「二人、頼むぜ。さぁ」

重三郎に促され乗り込むと、壱之介は船頭に背を向け、向かい合って腰を下ろした。と、同時に舟はすぐに岸を離れた。

先が猪《いのしし》の牙のように尖っているためその名で呼ばれる猪牙舟は、吉原に行く人々がもっぱら足にしている。小さいために揺れるが、速い。

多くの舟が行き交うなか、猪牙舟はそのあいだを器用に縫って、川上へと進んで行く。

右に左に揺れながら、重三郎は「で」と壱之介を見た。

「はい、四方赤良というお人が蔦屋から狂歌本を出していると聞きました。そのお人、実は大田南畝という御家人だそうですね」

「おう、そのとおり。ちょうどこれから会いに行くうちの一人が、その御仁だ。吉原で狂歌の会があるもんでね。あたしも狂歌を作っているんだよ、蔦唐丸《つたのからまる》ってえのがあたしの名だ」

へえ、と壱之介は目を瞠った。

「そうでしたか」

ふん、と頷きつつ、重三郎は小さく眉を寄せた。

「で、なにが知りたいんだい」

「はい、田沼意知様が斬り殺されたあと、市中で落首が書かれたと聞いて……」

「ああ、あれか、鉢植えて、梅か桜か咲く花を、誰たきつけて佐野に斬らせた……」

「ええ、それです。それは大田南畝殿が書かれたのですか」

ふうん、と重三郎は左右に揺れながら腕を組んだ。

「そりゃあ、あたしも確かめちゃいない。まあ、知っていたとしても、旗本を継ぐってぇお人には言えないな。特に今はね」

「今は……というのは、どういう……」

首を伸ばす壱之介に、重三郎は声を低くした。

「聞いてないかい、お役人の土山宗次郎《つちやまそうじろう》が行方をくらましたってぇ話は」

「土山……いえ、誰ですか」

「勘定奉行所の組頭だった旗本さ。蝦夷地《えぞち》の探索を田沼様に進言して、お取り上げいただいたそうだ。ロシアが蝦夷地を狙っているから、早く手を打ったほうがいいってことで、探索の者を派遣させたってぇ話さ」

「あっ、蝦夷地のことは聞いています。天明の三年と四年に、探索の人らが遣わされたと……それを進言したお人でしたか」

「おうよ。田沼様にもその才を買われていたらしい。土山様はもともと南畝先生とも親しくしていたんだ。で、貧乏御家人の南畝先生を見かねて、金の援助もしてたって話だ。けどな、その金が問題よ」

重三郎は顔に当たった波しぶきを袖で拭うと、身を乗り出した。

「土山様は、前に江戸で評判になったことがある。吉原の大文字屋《だいもんじ》の遊女だった誰袖《たがそで》を、なんと千二百両で身請けしたってことでな」

「千……」

目を丸くする壱之介に、重三郎は顔をしかめて頷いた。

「おう、みんな驚いたさ。旗本ったって、さほどの大身ってえわけじゃないからな。で、評判は悪口にもなった。妬みを買うのはあたぼうってもんだ。けど、土山様は気にしちゃいなかったね、勢いづいていたんだろう。おまけに南畝先生まで、遊女の身請けをしたからたまらないってやつだ」

「えっ、御家人の大田南畝殿が、ですか」

「そう、それは去年の話だ。貧乏御家人が遊女の身請けをする金なんざ持っているはずがないから、土山様から出た金だったんだろうよ」

「へえ……」

顔をしかめる壱之介に、重三郎は頷く。

「そのすぐあとに先の上様が亡くなられた。で、田沼様は失脚だ。したら、すぐに土山宗次郎も役所をお役御免になった。富士見《ふじみ》御宝蔵《おたからぐら》の番頭に移されったたってこった」

「勘定所を外されたのですか」

「そうさ。で、調べられた。したら、買米用の五百両が消えているのがわかった。土山様が横領したってぇのも明らかになった。が、土山宗次郎はその発覚の前に、姿をくらましちまったってわけだ。きっとその五百両だけでなく、以前よりやっていたんだろうよ」

「なんと……」

声を詰まらせる壱之介に、重三郎は首を振った。

「こりゃあ、いいわけのしようがなかろう。土山宗次郎と大田南畝、どっちの遊女身請けも横領した金でやった、と思われてもしかたがない」

「そうだったんですか」

「ああ、だから今、南畝先生は息を潜めているのさ。そんな折に以前の落首の話まで持ち出されたら、面倒なことになるってもんだ」

肩をすくめる重三郎に、壱之介はゆっくりと頷いた。

「わかりました」

川風が首筋を撫でて通り過ぎて行く。

重三郎はその風に目を眇《すが》めた。

「田沼様の政で世の景気はよくなったものの、それに乗じて役人や商人の賄賂や横領、裏金が横行したのはほんとのことだ。それが田沼様の評判まで落としたってぇのは、残念なこった。田沼様が商売を盛んにしてくれたおかげで書肆が増えて、多くの本や絵が出せるようになったんだからな」

なるほど、と壱之介は目顔で頷いた。

舟が大きく揺れた。

舳先が横に向けられ、大川に注ぎ込む細い川へと向かう。

それにかかる今戸橋《いまどばし》の手前で、舟は岸に着けられた。

川沿いの日本堤《にほんづつみ》に上がると、重三郎は壱之介に振り向いた。

「こっからは駕籠《かご》だ。じゃあな」

重三郎は並んだ駕籠へと近寄って行く。

「ありがとうございました」

壱之介は、堤に立って駕籠を見送ると、さあて、と顔を巡らせた。

浅草寺の屋根が見えている。

堤を下りると、壱之介はそちらに向かって歩き出した。


神田亀山町の徳兵衛長屋。

戸を開け放したまま、壱之介は文机に向かっていた。

日本堤から浅草を抜けた際、先日訪れた徳本寺にも寄っていた。

人は少なくなっていたが、佐野善左衛門の墓前には、若い男らが集まっていた。

柏手《かしわで》を打って拝んだりしながら、男らはわいわいと話をしていた。壱之介は少し離れた所に立って、その声に耳を傾けていた。

〈今度の老中首座は仁政を行うって言ってるんだとよ〉

〈じんせいってなんだい〉

〈そりゃあれだ、仁のある政ってこった〉

〈そうそう、仁徳の仁さ〉

〈だから、仁徳ってなぁ、なんなんだよ〉

〈情け深いってこったろうよ〉

〈へえ、そいじゃ、米の値が下がったのは、その仁政のおかげってやつかい〉

〈そうかもしんねえぜ〉

〈それもこれも、この佐野大明神が世直しをしてくれたおかげってもんだ。ありがたやありがたや〉

壱之介は思い出しながら、それを書き留める。手を動かしつつ、眉が寄った。仁政か、それもどこかから流された話なのだろうな……。

ふっ、と鼻で息を漏らして、手を止めた。

蔦屋殿から聞いた話もざっと記しておこうか……。考えていると、外から、

「ごめん」

と声がかかった。

顔を上げると、立っていたのは秋川友之進だった。

「おう、これは」

壱之介は書きかけの紙を机から下ろすと、そっと背後に置いた。

「邪魔をしてよろしいか」土間に入って来た友之進は、文机を指で差した。

「紫乃に聞いたので、ちと見せてもらおうと思うたのだ」

「ああ、そうでしたか、どうぞ」

壱之介が机を前に押し出すと、友之進は身を乗り出した。

「ほう、傷はあるがしっかりしてそうだ」

「ええ、傷も表は削ってあるので、障《さわ》りはありません。檜《ひのき》だそうで、これで一朱《いっしゅ》と四百文でした」

「ふうむ、高くはないな」

「はい、この硯箱《すずりばこ》も後日、同じ古道具屋で買ってきたのです。使いかけの墨《すみ》も入っていたので、すぐに使えて重宝しました。文机は大小いろいろとありましたよ」

見上げる壱之介に、友之進はふっと苦笑を見せた。

「実は、仕官は叶いそうにないから、文机を買って筆耕《ひっこう》でも始めようかと考えたのだ。わたしは取り柄と言えるのは筆くらいなものゆえ」

「ほう、達筆《たっぴつ》とはうらやましい。わたしはそちらは拙《つたな》くて……」

いや、と友之進は苦笑を深める。

「妹に食わせてもらうわけにはいかぬからな」

「ああ、紫乃殿はお屋敷奉公が決まったそうですね」

「ああ、もう行ったのだ」歪めた顔を上げて、東のほうを見た。

「深川《ふかがわ》の下屋敷でな……」

「へえ、寂しくなりますね」

「いや」また苦笑する。

「紫乃にとっては広い屋敷のほうがよいであろう。しかし、田沼家では目が届いていたが、離れると……ちと、な」

そうか、と壱之介は思った。初めて離ればなれになって、心配なのだな……。

「筆耕の仕事、よい考えだと思います」

「うむ、気張らねばならん。で、その古道具屋、教えてほしいのだが」

あ、では、と壱之介は立ち上がった。

「一緒に参りましょう。わたしも家に戻るので」

「それは助かる」

笑顔になった友之進と、壱之介は連れだって長屋を出た。

第四章　成敗

一

文机に向かって、壱之介は筆をすべらせていた。

町で聞いた人々の噂などを書き留めていく。

開け放った戸口から、風が吹き込んできていた。

「あ、兄上」風とともに、弟の吉次郎が入って来た。

「来てたんですか」

え、と壱之介は顔を上げた。吉次郎の背後は薄暗い。

「おう、もう夕暮れか」

壱之介が筆を置くと吉次郎は上がり込んで、はぁっと息を吐き、手脚を伸ばして座敷に寝転んだ。

「そうですよ、七月とはいえだんだん日の暮れが早まってますからね」

そうか、と壱之介は机をかたづけると立ち上がった。

「では、帰るとしよう」

はあ、と吉次郎は上体を起こして、見送った。

長屋のあいだを歩きながら、秋川友之進の部屋に目を向ける。やはり、戸が開いているが、姿は見えない。

通り過ぎて長屋を出ると、壱之介は足を止めた。

表から入って来た人影が、よろけて倒れそうになったからだ。女人だった。うつむいた顔を押さえている。

「あっ、紫乃殿」

駆け寄った壱之介が腕を支えると、紫乃は小さく顔を上げた。

壱之介は息を吞んだ。

顔も押さえた手も、真っ赤だ。額の左に切り傷がある。そこから流れ出た血が、手を通り、腕までも赤く染めていた。

「紫乃殿、どうされた」

壱之介が両腕をつかむと、紫乃の身体から力が抜け、崩れそうになった。

いかん……。壱之介は身体を抱えると、

「秋川殿」

大声を上げながら、運び込んだ。

上がり框に紫乃をおろすと、友之進が縁側からやって来た。

壱之介に抱えられた紫乃の姿に、慌てて駆け寄る。と、真っ赤に染まった妹に、息を詰まらせた。

「な……紫乃、どうした……」

壱之介は身体を支えて、座敷へと上がる。

「今、入り口で……わたしは医者を呼んでくる」

そう言って紫乃を預けると、飛び出した。

道を駆けながら、はっと顔を巡らせた。医者……どこだ、医者は……。

「頼む」

横を行く若い町人の腕をつかむ。

「医者を探している、知らないか」

びっくり顔になりつつ、若者は腕を上げた。

「あ、あっちで」

そう言って走り出す。

壱之介もそれについて走る。

「先生」

若者が飛び込むと、奥から医者が出て来た。

壱之介は腕を振る。

「来てくださいっ」

「怪我……怪我人が、血だらけで……」

ふむ、医者は弟子を振り向くと、薬箱を目で示した。

「早く」

壱之介は来た道を戻る。

医者と薬箱を抱えた弟子がそのあとに続く。

長屋に飛び込み、

「ここです」

壱之介が手で招くと、医者は駆けて来た勢いそのままに入って行った。

弟子も続いて飛び込む。

狭い座敷は人でいっぱいになり、壱之介は外から覗き込んだ。

「先生っ」

友之進の声が響く。

「大丈夫だ、心配いたすな」

医者の声も響いた。

壱之介は、ほっと肩の力を抜く。大丈夫か……。

中では紫乃の着物が脱がされていく。

慌てて目を逸らすと、壱之介はそっと長屋を出た。


翌朝。

「ごめん」

壱之介は声をかけながら、秋川兄妹の戸口をまたいだ。

ああ、と友之進は出て来る。

「昨日は、かたじけないことで……」

「いえ」

壱之介は奥へと首を伸ばした。

低い屏風《びょうぶ》が立てかけてあり、その向こうに敷かれた布団が見えた。

友之進はそれを目で振り返りながら、頷いた。

「手当をしてもらったおかげで血も止まりました」

「そうですか、それはよかった」壱之介は懐から小さな壺を取り出す。

「これはこのあいだお渡しした金創の薬です」

「あ、これは」友之進は両手で受け取って、掲げる。

「ありがたい。わたしの傷に効いたので、どこで買えるか尋ねようと思っていたところです」

「どうぞ、お使いください」壱之介は屏風に目をやって声を落とした。

「額の傷……切り傷だったようですが、どうなさったのですか」

「それが」友之進は口ごもる。

「訊いても言わぬのです。もう少し落ち着いてから、また訊いてみようと思うているのですが……」

そうですか、と壱之介はそっと屏風へと顔を向けた。横たわっている紫乃の美しい顔立ちを思い出すと、喉がぎゅっと締まった。

顔を友之進に戻すと、低い声で問うた。

「奉公に上がったのは、どなたの屋敷なのですか」

「倉沢《くらさわ》家です」

壱之介はその名を口中で繰り返す。大名とはいえ、聞き覚えはない。一万石の大名は、名を知られていない家も多い。

「あのう」

背後から声がかかった。

振り向くと、十二、三歳に見える小僧が首を伸ばしていた。

「こちらは秋川紫乃様のお宅でしょうか」

「そうだが」

壱之介は身を隅に寄せて、小僧を中へと導いた。

友之進は怪訝《けげん》な顔を向ける。

「どなたかな」

「はい、あたしは……」小僧は懐から小さな紙の包みを取り出した。

「口入れ屋彦兵衛《ひこべえ》の使いで、これを届けに……」

差し出す包みを友之進が受け取る。歪めた顔のままそれを開くと、中から現れたのは一朱金三枚だった。

「これは」

　顔を上げる友之進から目を逸らすと、小僧はあとずさった。

「お屋敷奉公の給金と見舞いだそうです。で、奉公はこれで終わり、ということでした」

「いや」友之進は腰を浮かせる。

「どういうことだ、そもそもなにがあったのだ」

「やっ」小僧は後ろ向きのまま下がって、土間から外に出た。

「あたしはなんにもわかりません。ただ、そう伝えろ、と言われただけで……」

　そう言うと、小さく頭を下げて、走り出した。

「待て」

　壱之介の声を振り切るように、小僧は脱兎《だっと》のごとく長屋を出て行った。

　ふう、と壱之介は首を振って友之進を見る。

「彦兵衛というのは、口利きを頼んだ所ですか」

「さよう」

　友之進は掌の包みをぎゅっと握りしめる。

　嚙みしめた唇が赤くなっていた。

二

昼過ぎ。

町を廻って長屋に戻ってきた壱之介は、そっと秋川兄妹の部屋を覗き込んだ。

友之進が、ちょうど土間に下りて草履《ぞうり》を履いているところだった。

「お出かけですか」

壱之介の問いに、友之進は頷いて立ち上がる。

「うむ、口入れ屋に行ってくる」

外に出た友之進は、眉間に皺を寄せて歩き出す。

「あ、ではわたしも」

壱之介は横に並んだ。

神田の辻を二回曲がって、友之進は立ち止まった。

「ここだ」

口入れ屋彦兵衛、と書かれた木札の下がった小さな家に入って行く。

帳場台に座った男が顔を上げ、

「はい、御浪人さんですか」

と、愛想のよい笑顔を見せた。

「わたしは秋川友之進、紫乃の兄だ」

ずいと寄って行く友之進に、彦兵衛の顔はたちまち渋面に変わった。

「昨日、小僧を使いに出しましたが。お受け取りになられましたよね」

「これか」

友之進は懐から包みを取り出すと、どんと帳場台に置いた。

「娘の顔に傷をつけておいて三朱とは、ずいぶんと侮《あなど》った話だな」

「おや」彦兵衛は肩をすくめる。

「そもそも、紫乃さんが大事な茶碗を割ったそうですよ。なもので、扇で額を叩いたら、ちいと切れてしまったって伺ってますがね」

「扇で……馬鹿な、あれはそんな傷ではない。刃物による傷だ」

声を荒らげる友之進の横で、壱之介も大きく頷く。

彦兵衛はさらに肩を上げた。

「おや、ですがあたしはそう聞きましたんで。ご納得いかないようでしたら、公事《くじ》（訴訟）でもなんでも、なすっていただいてけっこうですが」

苦笑を浮かべた顔を振る。

くっ、と喉を鳴らして、友之進は足を踏み出した。が、彦兵衛は怯《ひる》むようすもなく、制するように手を上げた。

「だいたい、田沼様のお屋敷にいたお人なんざ、どこも雇っちゃくれませんよ。うちにも御家臣だったっていうお方や中間《ちゅうげん》をしていたってぇお人が来ますがね、田沼様のお屋敷にいたって言うと、先様からそっぽを向かれまさ。そこを、倉沢様は雇ってくだすったんだから、ありがたいってぇもんでしょう」

「なにっ」壱之介は思わず口を開いた。

「雇えばなにをしてもかまわぬというのか」

「いやぁ」彦兵衛は手を振る。

「そうは言っちゃいませんよ。けど、不始末をしたら、罰を受けるのは当たり前ってもんでしょう」

彦兵衛は片頬を歪めて、ねえ、と肩をすくめた。

友之進はくっと唇を噛んで、拳を握る。

壱之介は彦兵衛の顔を睨みながら、考えを巡らせていた。相手は先手を打った、ということだな……紫乃殿がいなくなってすぐにこの彦兵衛に知らせ、金を渡したに違いない……。

「公事にするんなら」彦兵衛は顎を横にしゃくった。

「あっちに公事師がいますんで、どうぞ」

そう言って、帳場台の上の算盤《そろばん》を立てて、しゃらっと鳴らす。

二人から顔を逸らすと、算盤をはじき出した。

友之進は拳を少し振り上げる。が、それを振り下ろすと、踵を返した。

外に出るその背中に、壱之介も続く。

歩き出した友之進は地面を蹴って進んで行く。

「したたかなものですね」

壱之介も荒い足取りで並ぶと、横顔に言った。

「奉公など」友之進がつぶやく。

「させるのではなかった」

顔が赤くなっていた。

壱之介はそれから顔を背《そむ》けて、歩く。

口入れ屋も口入れ屋だが、お屋敷もお屋敷だ……。腹の底でそうののしる。と、その足を速め、友之進に顔を向けた。

「わたしはここで。ちと、行く所があるので」

ああ、と友之進は面持ちを弛める。

「いや、すまないことであった」

「いえ、どうぞ、紫乃殿が待っておられましょう、お戻りください」

壱之介の言葉に、友之進は目顔で頷くと辻へと向かって行った。

よし、とつぶやいて、壱之介は足の向きを変えた。


永代橋《えいたいばし》を渡って、壱之介は深川の町に入った。

海に近い深川には、大名家の下屋敷が多い。

長い塀の続く道に入ると、壱之介は前を行く棒手振《ぼてふり》に向かって駆け寄った。

「許せ、ちと尋ねたいのだが」

へい、と振り向いた棒手振に、

「倉沢家の下屋敷を知っていようか」

と、壱之介は横に並んだ。

「ああ、この先でさ」棒手振は歩みを続ける。

「案内いたしやしょう。ちょうどあっしも行くとこで」

そうか、と壱之介は並んで歩き出した。

「倉沢家には以前より出入りしているのか」

「さいで。親父の代から魚を納めてるんで」

棒手振は肩に担いだ棒を動かして見せた。

「ほう、下屋敷と聞いたが、人は多いのだろうか」

「ええ、たくさんいますよ。特に、御側室が中屋敷から移って来られてから、増えたんでさ。お女中とか、中間とか、親子の世話をするお人らが」

「親子……お子も連れて来られたのか」

「さいでさ」

棒手振は声を落としつつ、壱之介の顔を見た。

「旦那、御家中の方ですか」

「倉沢家の、か。いや、そうではない」

「ああ」と棒手振は前に向き直る。

「いやぁ、時折、国許から出て来た御家臣が、下屋敷を訪ねて来るもんだから、そうかと」

なるほど、と壱之介は頷いた。うっかりしたことをしゃべるわけにはいかぬ、ということだな……よし、方便だ……。

「や、実はわたしの知己《ちき》が仕官を求めていてな、あちらこちらの大名家のようすを見て歩いているのだ」

「ああ、そういうこって」棒手振は目で笑う。

「なら、ここの下屋敷なら、人を取るかもしれやせんぜ。内緒ですけどね、こちらの御側室は元は遊女だったのを、身請けしたそうで。で、男の子が生まれたら奥方様から疎《うと》まれて、こっちに移されたってぇ話ですぜ」

「疎まれた……男児だからか」

「いや、もともと遊女ってのがお気に召さなかったようでさ。そのような女《おなご》と同じ屋敷で暮らすことなどできぬっ、てね。さらに、生まれた男の子がどうにも手に負えないわんぱくで……奥方様がお産みになったお世継ぎや弟君に害を加えられたら困るってことで、中屋敷を追い出されたってぇ噂でさ。や、あっしも聞いた話ですけどね」

「なるほど。それは何年くらい前の話なのであろう」

「そうですね、もう十年以上も前のことでさ。なもんで、その若君も大きくなっているはずでさ」

なるほど、と壱之介は腹の中でつぶやいた。では、その若君が不埒者《ふらちもの》、ということか……。

　棒手振が手を上げる。

「お屋敷はここでさ」目の先に延びる白壁の塀を、目で示した。

「あっしはあっち、勝手口に行きますんでここで。表門は、この先を曲がったところですよ」

　そう言って、棒手振は塀の手前を曲がって行った。

「礼を申す」

　壱之介はその背中に声を投げかけて、そのまま進んだ。

　角を曲がると、門が見えて来た。

　簡素な門で、門番はいない。

　その前をゆっくりと通りながら、壱之介は塀越しに見える屋敷の屋根を窺った。庭からは、木々の枝も伸びて塀を越えている。立ち止まってそれを見上げていると、中から声が聞こえてきた。男の声が門に近づいて来る。

　壱之介はその場を離れながら、小さく振り向いた。

　二人の男が出て来て、道を歩き出す。

　一人は身なりがよく、半歩下がって歩く男は供らしく質素だ。

壱之介は辻で踵を返すと、その二人の背後へと足を速めた。

深川の町に向けて進む二人の声が聞こえてくる。

「若様、今日も仲町《なかちょう》ですか」

供の言葉に、

「いや、門前町《もんぜんまち》に上がる。鉄之助《てつのすけ》も上がるか」

「いえ、わたしは」

家臣が首を振ると、

「そうか、なれば一刻したら迎えに参れ」

若様が答える。

深川は吉原に次ぐ盛り場だ。

若様は腕を振って、足取りも軽い。

なるほど、と壱之介は二人の後ろ姿を見つめた。では、この若様が側室の息子、ということか……で、家臣は鉄之助というのだな……。

道の先は広い表通りだ。

壱之介は横道に逸れると、そこを走り出した。

しばらく走って、息を整えながら、表通りに出る。

予期したとおり、二人がこちらに向かってやって来る。

壱之介は道の端に寄って、まっすぐに前を見て歩き出した。

二人が近づいて来る。

壱之介は眼を動かした。

その目で、二人の姿をとらえる。

若様は細面、眉も目も細い、供は丸顔で太眉……。すぐに目を逸らし、見た姿を口中で繰り返す。

二人は、表通りの辻を曲がり、料理茶屋や置屋などが並ぶにぎやかな町へと入って行った。

三

朝、壱之介は町を廻らずに長屋へと向かった。紫乃の怪我が気になっていた。

長屋の木戸門をくぐると、秋川家の戸口に立った。

ごめん、と声をかけようとすると、中から友之進が飛び出して来た。

「ああ、よかった、待っていたのだ」

え、と中を覗くと、座敷で紫乃が立ち上がった。

下ろした髪を後ろで束ね、額には晒《さらし》を巻いている。

つかつかと寄って来ると、紫乃は上がり框に正座をして手をついた。

「この度はお世話になりました」

下げた頭を上げると、すっくと立ち上がった。

その足で、土間に下りて草履を履く。

「や、大事ないのですか」

狼狽《うろた》える壱之介に、友之進が口を開く。

「口入れ屋に行くと言うのだ」

「えっ」

「朝、口入れ屋の言うたことを伝えたら、たいそう怒って……」

紫乃は目を据えて頷く。

「そのような嘘を許すわけには参りません。わたくしが真のことを話します」

その顔を兄と壱之介に向けた。

「兄上にも不二倉様にも聞いていただきとうございます。ご同道ください」

言いながら外へと出て行く。

「わかった」

横に並ぶ友之進に壱之介も続いた。

蹴るような足取りで歩く紫乃に、壱之介と友之進は戸惑いの目を交わしながら続く。

口入れ屋彦兵衛の戸口に立つと、紫乃はそのままの足取りで中へつかつかと入って行った。

「お話があります」

帳場台に寄りながら声を上げると、彦兵衛は筆を持つ手を止めて、顔を上げた。見開いた目で見ると、ああ、と声を返した。

「こりゃ、紫乃さんでしたか」

兄と壱之介は紫乃の背後に並んで立つ。

彦兵衛は筆を置くと、肩をすくめた。

「あ、あれですね、昨日、置いて行ったこれを取りにいらした、と」

友之進が置いた三朱の紙包みを手に取って、示す。

「無礼なっ」紫乃が足を踏み出す。

「そのような物は無用です。わたくしは嘘を正しに来たのです」

「嘘」彦兵衛はさらに肩を上げる。

「昨日の話なら、あたしが作ったわけじゃない、倉沢様のほうから聞いたのをそのまま伝えただけですよ」

「それを真に受けたのなれば同じこと。真のことを言いましょう。まず、茶碗を割ったのは本当です」

「あ、やっぱり」

にやっと笑う彦兵衛に、

「なれど」と、紫乃はさらに帳場台に歩み寄る。

「それは、あの陽三郎《ようざぶろう》様がいきなり無体に及んだせい」

きっぱりと言って、紫乃が拳を握る。

壱之介は、あ、と息を呑んだ。昨日、下屋敷で見たあの若様か……。

横の友之進は「なんと」と顔を歪める。

紫乃はさらに半歩、踏み出した。

「わたくしがお茶を運ぶと、あのお方はいきなり腕をつかんできたのです。相手をいたせ、と言って」

紫乃の拳が震える。

友之進も拳を握った。なんということを、と喉から洩れてくる。

「わたくしは」紫乃は拳を振り上げた。

「おやめくださいと逃げようとしました。すると、あのお方は言うたのです。なにをもったいぶっている、田沼家にいた者など、もうどこも雇ってはくれないぞ、と……そう言って、わたくしの腰を押さえました。なので、わたくしはそこにあったお茶碗を、顔に向かって投げたのです。お茶はかかったものの、茶碗は逸れて、柱に当たって割れました」

「なんと、そのようなことが……」

友之進も歩み出る。

紫乃は拳を上げたまま頷く。

「あのお方は顔を赤くして、床の間にあった刀を取ったのです。それを抜いたので、わたくしはお盆を手に取りました。それがどのようになったのか……気づいたときには、額が斬られ血が滴《したた》っていました」

紫乃は頭に手を回した。

「ごらんなさい」

そう言いながら、巻かれた晒をほどいていく。

顕わになった額には、斬られた傷口が斜めに赤く走っていた。

壱之介は歩み寄ると、息を呑んで覗き込んだ。

彦兵衛も腰を浮かせて傷を見る。

「こりゃあ……」

紫乃は震える手で晒を握っている。

「わたくしは叫び声を上げました。それで、廊下に足音が鳴り、あのお方が手を止めたので、その隙に庭へと飛び出したのです。そのまま裏から出て、逃げました。それが真の顚末《てんまつ》です」

紫乃が頬を震わせる。

「はあ」彦兵衛は腰を戻した。

「いや、その傷は確かに扇子《せんす》でできる傷じゃあない。なるほどね……」

腕を組んで天井を見上げると、口がぶつぶつとつぶやくように動いた。

「それを」紫乃が震える手を上げる。

「嘘で隠そうというのであれば、公事にして訴え出ます」

「ああ、いや」彦兵衛は腕をほどいて掌を見せた。

「お話はわかりました。そういうことであれば、あたしにも出方はあります」

掌を振る彦兵衛に、友之進が詰め寄る。

「そのほう、不満があれば公事にせよと言うたな」

「あぁ、はい、すいませんでした。けど、あたしも口入れ屋です、一方の言い分だけで事を収めたりはいたしません。仲介させてもらいますんで」

彦兵衛はかしこまって頭を下げると、その顔を上げた。

「さっそく、あちら様に話を通しに行きます。公事にするとおっしゃってるってえのも、ちゃんと伝えますから」

神妙な顔で、並び立つ三人を見上げた。

壱之介は横の紫乃を見た。頬を紅潮させ、握りしめた手は震えたままだ。

その手から、握られた晒を引っ張った。

驚いて目を向ける紫乃に、壱之介は頷く。

「巻き直しましょう、傷口を汚してはいけない」

開かれた手から晒を受け取ると、壱之介はそれを頭に巻いた。そっと巻いていくと、紫乃の頭が小さく震えた。

見ると、その見開いた目から、涙がこぼれ落ちていた。

声を出さずに、紫乃ははらはらと涙を流し続ける。

「さあ」友之進は妹の背に手を当てた。

「戻ろう」

ゆっくりと踵を返して、三人は外へと出た。

友之進が振り向くと、見送っている彦兵衛に声を投げかけた。

「もう、嘘はならぬぞ」

「はい」

という神妙な返事が背中に戻って来た。

並んで歩き出すと、

「すみません」

紫乃は涙を拭いながら、頭を下げた。

「いや」兄が首を振る。

「わたしこそ、すまなかった。まさか、そのようなことがあったとは……真、公事も考えよう……しかし、そなたはよいのか。公事となれば、吟味を受けることになろう。役人にあれこれと問われるぞ」

「かまいませぬ」紫乃は顔を上げて、まっすぐに前を見た。

「幸い、逃げることができたのですし。あのような男、黙っていればまた同じことをするでしょう」

紫乃が再び拳を握った。

壱之介は兄妹を横目で見つめながら、口中でつぶやいた。公事か……。


町をひと巡りしてから、壱之介は上野に向かった。

町を歩きながら探した姿が、見つからなかったからだ。

自身番屋に「ごめん」と声をかけて入って行く。

以前いた若い町役人が「ああ」と笑顔を見せた。

壱之介は中を見回しながら、若者に問いかけた。

「清野殿は見えられたか」

「はい、朝方に。また、しばらくしたらお見えになりますよ。夕刻、御奉行所に戻る際に寄られるのが常ですんで」

その答えに、壱之介は板の間の隅を指で差した。

「では、ここで待たせてもらってもよいだろうか」

「はい、どうぞ」

その頷きに、壱之介は腰を下ろした。

自身番屋の壁を見つめながら、壱之介は紫乃の姿を思い出していた。額についた斜めの傷はまだ赤く腫れていた。目も眉も吊り上がり、以前の面差しとは遠いものになっていた。

それはそうだろう、と胸中で、つぶやく。そのような目に遭っては、怒りを抑えることはできまい……。鋭い眼差しを思い出しながら天井を見上げる。もう、笑顔を見ることもできないのかもしれぬな……。

壱之介は膝に置いた両の拳を握った。

戸口のほうから「あっ」という声が上がった。

顔を向けると、入って来る清野の姿があった。

「壱殿ではないか」清野は笑顔でこちらにやって来る。

「わたしをお待ちだったたか」

「はい」壱之介は立って礼をした。

「尋ねたきことがありまして」

ふむ、と清野は手で座るように促しながら、自分も腰を下ろす。

並んで腰かけた壱之介は、抑えた声で言った。

「公事を起こすにはどうすればよいのでしょうか」

「公事、とな。壱殿がか」

「いえ、わたしではなく、実は……」

紫乃のことを話す。

「ふうむ」清野は顎を撫でた。

「なるほどな。まあ、公事にできないことはない。しかし……」

清野は首をひねりながら、小さな苦笑を浮かべた。

「今頃、その口入れ屋、お屋敷を訪ねて話しているであろうな。そして、とりなすから手間賃を出せ、と言っているに違いない」

えっ、と壱之介は目を見開いた。

清野は苦笑を深める。

「娘御の話を聞いて、こりゃ金になる、と踏んだはずだ。先方は、すぐに嘘を言って金子を出したのであろう。先手を打って封じ込めようとしたってわけだ。明るみに出てはまずいからな」

「はあ、確かに」

「その足下を見て強請《ゆす》る、というのが口入れ屋がよく使う手口だ」

ああ、と壱之介は天井を仰いだ。彦兵衛の顔が思い起こされ、ぶつぶつと動かしていた口元が甦った。

「そういうことですか」

「うむ」清野は頷く。

「相手は公事にすると騒いでますよ、と言えば、お屋敷側は慌てるだろう。側室の子とはいえ、大名家の息子、御公儀に知られればお叱りを受けるのは必定《ひつじょう》。御家の評判も落ちるのは避けられまい」

「それを防ぐためには、金子を惜しまない、ということですか」

「さよう、で、口入れ屋はたんまりと抜いて、残りを娘御の側に渡す、という仕組みだ。まあ、よくあることだ」

清野の苦い笑いに、壱之介は大きな息を吐いた。

「思い至りませんでした」

肩を落とす壱之介の背中を、清野はぱんぱんと叩く。

「ま、そのような仕組みは、若いうちから知らぬでもよい。そのうちにいやでもわかってくる」

清野は笑う。と、その顔を真顔に戻した。

「まあ、少々、ようすを見るがよかろう。先方や口入れ屋の出方を見つつ、対応を決めればよい」

「はあ、そうですね」

苦笑しながら頷く壱之介に、清野は首を斜めにした。

「ところで、その娘御、どこに暮らしているのだ」

「神田亀山町の徳兵衛長屋です。実はうちでもそこにひと部屋、借りてましして」

「ほう、そうなのか」

清野は神田のほうへと顔を向けた。

ふむ、と顎を撫でて頷いた。

四

朝餉の箸を壱之介は置いた。

「ごちそうさまでした」

言いながら父の新右衛門を見ると、ゆっくりと箸を動かしている。

「父上、今日は非番ですか」

「うむ」父は頷く。

「そなたは今日も町に出るのか」

「はい」

　ふうむ、と父は沢庵《たくわん》をぽりぽりと囓りながら、息子を見る。

「そなた、身分は見習い新番士のままだが、組からはみだしたようなものなのだから、非番は己で決めてよいのだぞ」

「はあ……町に出るといろいろと面白……いえ、知ることができるので、苦ではないのです。なれど、そうですね、今日はゆっくりと出ることにします」

　うむ、と父は茶を啜る。

「旦那様」と母が顔を向けた。

「非番なれば、出かけませんか。久しぶりに上野に行きとうございます」

「上野か、悪くはないが、また次にしてくれ。今日は、学問をせねば」

「学問、ですか」

　壱之介が驚いて目を大きくすると、父は苦笑した。

「ああ、新しい老中首座様は、文武に励め、と厳しく命じられているのだ。我ら番方はもとより武には励んできたが、文のほうはちとな……おかげで御番所でも、皆、書物に取り組んでいるのだ」

「そうなのですか」

うむ、と父は立ち上がった。

「すまぬな、多江、いずれ上野に参ろう」

「はい」母は苦笑する。

「なれば、学問にお励みください」

廊下に出て行く父に、壱之介は続いた。

「父上、少し話したいことが……」

おう、と父は顎をしゃくる。

「参れ」

部屋で向き合うと、父は胡座《あぐら》をかいて息子を促した。

「どうした」

「実は……」

秋川兄妹のことを話す。

聞くうちに、だんだんと父の面持ちは歪んでいった。

「なんとも非道なことだ」

「はい。公事にしたいとも言っているのです」

「公事か……確かに、目安《めやす》（訴状）を出すことはできよう。が、お取り上げしていただけるかどうか、そこはなんとも言えぬな」

「浪人の妹ゆえ、難しいということですか」

「そうではない。大名家は普段から町奉行所には付け届けをしているのだ。家臣らがいつ不届きをするかわからぬからな。いざ、事が起きた際に、お目こぼし、あるいはよいようにお取りなしをしてもらうために、日頃から役人に金子やら品物やらを渡しておく、というわけだ。それをしない家はない」

「そうなのですか」

「うむ、世のしきたりのようなものだ」

「しきたり……」

「うむ、理不尽なようだが、世の仕組みというのはそもそも理不尽なもの。ゆえに、大名屋敷で起きたことも、よほど大ごとでなければなかったことにされるのだ」

「役人が罪を揉み消す、ということですか」

「早く言えば、そうだ。ゆえに公事にしようと目安を出したとしても、取り上げてもらえぬことも多い」

口を曲げて頷く父に、壱之介は眉間を狭めた。

そんな、と口が動くが、音にはならない。

父は膝を撫でた。

「むしろ口入れ屋のほうが役に立つかもしれぬ。取りなしと称して、口止め料や見舞金を引き出すであろう」

壱之介は同じように言った清野の言葉を思い出した。

「されど、非道を行っていながら……」

歯がみをする息子に、父はぱんと膝を打った。

「おう、怒れ怒れ。道理にもとることに対して憤《いきどお》るのは若さゆえの気概だ。長く生きると、いつしか理不尽に馴れ、そのような気概も失われてしまうからな」

父は歯がみする息子に、大きく頷いた。


昼下がりに町に出て、壱之介は日本橋へと向かった。

建ち並ぶ店先を覗き込みながら、ううむ、と唸る。

昨日の紫乃の涙が、ずっと目に焼き付いて離れない。慰めになるようなものはないか、と店から店へと歩いて行く。

わからん、とつぶやいて、壱之介は足を止めた。身近にいる女人は母だけだ。本当は妹がいたが、五歳の年に流行り病で亡くなっていた。祖母もともに暮らしてはいたが、なにかを贈ったことなどない。

日本橋の町外れに行くと、壱之介は立ち止まった。店先に並んだ茶饅頭を覗き込む。

饅頭なれば、誰でも喜ぶであろう……。

「五つ、頼む」

経木に包まれた饅頭を手に、壱之介は神田へと向かった。

空にはうっすらと、黄昏《たそがれ》の色が広がり始めている。が、すでに歩き馴れた道ゆえに、すたすたと進んで辻を曲がる。と、そこで足を止めた。

えっ、と息を呑んで前を行く二人の男を見る。あれは……。

倉沢家の下屋敷から出て来た二人だ。間違いない、細面の若様と丸顔の家臣……陽三郎と鉄之助だ……。そう思って唾を呑み込む。

二人は辺りを見回して、立ち止まった。

道をやって来た町人を呼び止める。

「これ、この辺りに徳兵衛長屋というのがあるはずだが」

家臣の問いに、町人は顔を振り向けた。

「へい、この先でさ。次の小っせえ辻を右に曲がると、見えてきますぜ」

「そうか」

二人は歩き出す。

壱之介もそっと歩き出した。

二人から間合いを取って、後ろを進む。

なにゆえに、ここに……。壱之介は饅頭を懐にしまうと、腰の刀をぐっと差し直した。

小さな辻を、二人は曲がって消えた。

壱之介は息を整えながら、辻へと小走りになる。曲がると、二人は長屋の木戸門の下に立ち、徳兵衛長屋という札を見て頷き合っていた。

どういうつもりだ……。壱之介は隅に身を寄せながら近寄って行く。

二人は中へと入った。

壱之介は秋川兄妹の戸口を見る。戸には秋川と書いてある。

もしや……。壱之介は足を速めた。

二人は秋川の字を読んで、顔を見合わせた。

二人が刀の柄に手を掛ける。

壱之介は走った。走りながら、刀の柄に手を掛ける。

二人が中へと入って行く。

声が上がった。

「何者」

友之進の声だ。

「兄上……」

紫乃の声も上がる。

壱之介が戸口に立った。

二人は座敷に上がり込んでいた。

「やめろっ」

刀を抜いた。

家臣の鉄之助が振り向く。手にした刀は、紫乃の眼前に突き付けられている。

壱之介は刃を振りかざして、座敷に飛び込んだ。

「このっ」

家臣の二の腕に斬りつける。

家臣の手から刀が落ちた。

「なにやつ」

陽三郎が身を回して刀を構える。

ふんっ、と壱之介もそれに向き合う。

「公事にされるのを怖れて口封じに来たのだな」

「なにっ」

友之進が刀を手に取った。

壱之介は目顔を左右に振る。

「ここはお任せを」

筆だけが取り柄、と言った友之進の言葉を思い出していた。

「紫乃殿を外へ」

そう言うと、紫乃に顔を向け、縁側の外を目で示した。

う、うむ、と友之進は紫乃の腕を引いて連れ出す。

陽三郎が目を吊り上げた。

「こやつ、邪魔立てを……」

「悪事をなそうとする者がいれば、邪魔をするが当然であろう」

壱之介は声を放つと、刀を斜めに下げた。狭い部屋では、振り上げるわけにはいかない。

相手も突きの構えになる。

「えいっ」

突いてくるその腕を、下から峰で打つ。骨に当たる鈍い音が鳴った。

ぐっと陽三郎の喉が震える。

「危ないっ」

背後から声が飛んだ。

振り向くと、家臣が脇差しを手に突っ込んで来ようとしていた。

「よせっ」

声の主は黒い羽織を翻《ひるがえ》して、飛び込んで来た。同心の清野だ。

振りかざした十手で、家臣の肩を打つ。

その手を翻して、首筋にも打ち込んだ。

壱之介は身を回して、家臣の脇腹に打ち込む。

「お、逃げるぞ」

清野の声が上がる。

陽三郎が縁側から外へと飛び出していった。

壱之介がそれを追って外に出た。

庭の隅で友之進と紫乃が、身を寄せ合っていた。

「あちらに」

二人は、反対側を指で差す。

壱之介が頷き、長屋の外へと飛び出した。

が、陽三郎の姿はすでに消えていた。

ふんっ、と息を吐いて、壱之介は刀を下ろした。まあよいか、身元は割れているのだ……。

踵を返して部屋に戻ると、清野が縄を手にしているところだった。うつ伏せにされた家臣の身体には縄が回され、腕が縛り上げられている。

「怪我はありませんかな」

清野は壱之介を見る。

「はい、助かりました。しかし、なにゆえ……」

前に立った壱之介に、清野はにやりと笑って見せた。

「昨日の話を聞いて気になったゆえ、昨夜から見回っていたのだ。不埒を行う者は、それを隠すための不埒を重ねて行うのが常だからな」

なるほど、と壱之介はつぶやく。

外から、友之進と紫乃が中を覗き込んだ。

縛られた家臣の姿を見て、上がり込んで来る。

「話は壱殿から聞きました」

清野が二人を見る。

「壱殿」と、戸惑う二人に、壱之介は苦笑を見せた。

「わたしのことです。公事のことを聞くために、こたびのことを話してしまいました、すみません。こちらは南町奉行所の同心で清野殿です」

「ふむ」清野は紫乃を見る。

「先ほど逃げて行った男が、お屋敷の若様ですかな」

「はい」

紫乃は震える手を握りしめる。

壱之介は畳に転がされた家臣を見下ろした。斬った腕から血が流れ出ている。

「わたしは下屋敷を探りに行って、二人を見ていたのです」

「そうだったのですか」友之進が目を見開く。

「あ、それで気づいたと……」

「ええ、長屋の近くで見かけたので、つけてきたのです。ちょうど間《ま》に合ってよかった。いや、見張ってくださっていた清野殿のおかげでもあります」

「なあに、これがわれらの役目」

清野は縄を引いて、家臣を立ち上がらせる。

その腕から流れる血に、壱之介は懐から手拭いを取り出して巻いた。

「ちっ」と睨みつける家臣に、壱之介は睨み返す。

「死なれては困るからな。事の仔細《しさい》、包み隠さずに話してもらわねば」

目顔を紫乃に向けると、紫乃は大きく頷いた。

「よし」清野は縄を引っ張る。

「では、神妙に参れ」

歩きながら、壱之介を振り向く。

「番屋までご同道願えますかな。顚末を書き留めねばならぬゆえ」

「承知しました」

壱之介はあとに続いた。

「あの」と兄妹の声が重なった。

「かたじけのうございました」

二人は揃って頭を下げた。

壱之介は目元で笑うと、長屋をあとにした。

五

翌日。

「おはようございます」

壱之介は長屋の戸口に立つと、座敷の友之進に声をかけた。

奥で紫乃が屏風の影に隠れるのが見えた。

「ああ、これは」友之進が膝を回して、手をつく。

「昨日は助けていただき、ありがとうございました」

「いえ」壱之介は土間に入って行く。

「部屋を荒らしてしまって、申し訳なく……」

畳には血を拭ったあとが見える。

「とんでもない」友之進が顔を上げた。

「わたしは武のほうは拙いもので、本当に助かりました。駆けつけていただけなかったら、斬り殺されていたかもしれません」

友之進は「さ」と座敷を手で示す。

壱之介は頷いて、上がった。

屏風の向こうから衣擦《きぬず》れの音がして、声が上がった。

「真にかたじけのうございました」

「いやなに」壱之介は言いながら、手にしていた経木の包みを差し出した。

「饅頭を求めてきたので、おやつにでもなさってください」

昨日買った饅頭は、騒ぎのせいで渡しそびれていた、肌で温めてしまった饅頭は家で食べ、買い直してきた物だ。

「や、それは……」友之進は恐縮しつつ、屏風に声をかける。

「いただいておくぞ、礼を申せ」

「ありがとうございます」

はっきりとした声が返ってくる。

壱之介は友之進にそっと問いかけた。

「お加減が悪いのですか」

「いえ、そういうわけでは……むしろ、口入れ屋に怒鳴り込んだせいで気が昂《たかぶ》ったのでしょう。あれから妙に元気になりまして」

「そうですか」壱之介は拳をそっと握った。では、わたしが嫌われたのだろうか、顔を合わせたくないほどに……。そう思いつつ、声を投げかける。

「あのう、刀など振り回し、申し訳ないことでした。普段から、あのようなことをしているわけではないのですが……」

「いいえ」紫乃の声が高くなった。

「助けていただいてありがたく思うています。兄は剣術のほうは頼りないものですから……」

友之進は首をすくめる。

壱之介は考えを巡らせて、一つ咳を払った。

「額の傷を拝見しましたが、思ったよりも浅いようす……あれならば、さほど目立たなくなりましょう」

しんとなった屏風の向こうから、間を置いて小さな声が返って来た。

「お気遣いかたじけのうございます。なれど、わたくしは傷痕《あと》を心配しているのではなく……恥じているのです」

「恥など」壱之介は声を高める。

「紫乃殿の落ち度ではない、悪いのはあちらだ。恥じる必要などありません」

「いいえ、傷のことではなく……己を恥じているのです」

「は？」

壱之介が友之進を見ると、兄も首を斜めにひねった。

屏風に膝行して寄って行くと、壱之介は穏やかな声をかけた。

「どういうことですか」

屏風の向こうで、一つ、溜息が鳴った。

「吉次郎様に申し上げたことです。わたくし、女人の美しさは若さや顔の造作ではない、とえらそうに……されど、顔に傷をつけられ、わたくしは憤りました。悲しくもなり恥ずかしくもなり、人に見られたくない、とも思うています。見た目を軽んじておきながら、そのように思うことを恥じているのです」

なんと、と壱之介は腕を組んだ。そのように思うていたのか……。頭の中で言葉を探すが、出てこない。

「ふうむ」友之進が口を開いた。

「そなたは幼い頃よりべっぴんだの見目よいだのと言われてきたからな。当たり前に持っていたものが失われて、今、狼狽えているのであろう」

友之進の言葉に、いや、と壱之介は慌てた。それでは慰めになっていない……。

「そなたは父上に似たからな」友之進は頷く。

「わたしを見ろ。おかめな母上に似たゆえ、顔には恵まれておらぬ。しかし、人は見た目ではない、と取り柄を持つべく筆に励んできた。一つ秀でたところがあれば、人の目など気にせずに生きていけるものだ」

胸を張る友之進を、壱之介は横目で見た。いや、間違ってはいないが、的《まと》が外れているのでは……男と女とでは顔の大事さが別と言えよう……。そう思っても、よい言葉が見つからない。

「わたしも」壱之介の口がおずおずと動いた。

「これまで己を恥じたことが多々、あります。誰も皆、同じだと思います」

屏風の向こうがしんとなる。

「そうそう」友之進が太股を叩く。

「恥を知って、人は学ぶのだ。ところで、壱殿……」

友之進は顔を向けた。

「あ、壱殿、と呼んでもよろしいか。親しみやすくてよいと思うたのだ」

「ええ、かまいません。では、わたしも友之進殿とお呼びしてよいですか」

「うむ、ともにそう呼ぶことにしよう。だが……せっかくこうして親しくなったのに残念だ」

「え、それはどういう」

「家移りをしようと思うている。あの若様と家臣にここを知られてしまったゆえ、また来ないとも限らない。引き払ったほうがよいであろう」

「なるほど」

壱之介は眉を寄せた。父の言葉が思い出された。大名家は日頃の賄賂が効いて、役人が罪を揉み消すこともある、か……。

「確かに、あの二人がどうなるかわかりませんね」

壱之介は屏風を見た。が、せっかく親しくなれたのに……。そう思うと、溜息がこぼれそうになる。

屏風の向こう側は、ひっそりとして音がなかった。


夕刻。

壱之介は南町奉行所の門が見える場所に立った。

表門は閉められ、脇の潜り戸から人が出て来る。仕事を終えた役人らが帰って行く時刻だ。

あ、と壱之介は走り出した。

「清野殿」

おう、と清野は顔を向けた。

「これは壱殿」

「昨日はどうも」

壱之介は横に並んで歩き出す。

昨日は家臣の縄を引いた清野と自身番屋に行き、そこで事のいきさつを話した。まもなく上役の与力《よりき》がやって来たため、清野は顚末を伝えていた。壱之介は、そこで番屋をあとにしていた。

「あの家臣、どうなりましたか」

壱之介の問いに、清野は「ああ」と顔をしかめた。

「あれから大番屋に移した」

自身番屋は町の運営だが、大番屋は町奉行所の役所だ。自身番屋で罪ありと見なされた者が大番屋に移されて、さらに吟味を受けることになる。

「で、倉沢家にも使いを出して知らせた。若様のこともな。あの家臣の話によると、口入れ屋がやって来て、話が違う、と文句を言ったそうだ。で、金で決着をつけようと言い出したらしい」

「やはり、そういうことでしたか」

「ああ、いかにもな手口だ。で、お屋敷のお偉いさんは考えさせてくれ、と渋ったところ、口入れ屋は言ったそうだ。こちらで決めかねるようでしたら、上屋敷に相談させていただいてもようございますが、と」

「へえ、脅しですね」

「うむ、で、お偉いさんは金の工面を考えるゆえ待て、となったらしい。そのやりとりをあの家臣は聞いていて、若様に告げたそうだ」

「なるほど、で、慌てたわけですね。上屋敷にばれてはまずい、と」

「ああ、そうであろう。もともと厄介者扱いをされていたのに、さらに不始末をしたとなれば、どんなお叱りを受けるか」

「そうか」壱之介は手を打った。

「なればいっそ相手の口を封じて無かったことにしてしまえ、と考えたわけだ。うむ、不届きのうえに愚行《ぐこう》を重ねるとは……」

「まったくだ」清野は失笑する。

「その愚行のせいで、事は明るみになった。こちらは上屋敷に知らせを出したのだからな」

「そうか、自ら墓穴を掘ったわけですね」

「さよう、今日の朝、早速、奉行所に上屋敷の留守居役が飛んで来た。菓子折を持ってな」

菓子折、と壱之介はつぶやく。菓子の下には小判が敷いてある、というやつか……。

清野はふふんっと鼻で笑う。

「吟味役の与力は普段から付け届けを受け取っているお方ゆえ、話はすぐについたというわけだ」

「では、揉み消し……」

言ってから口を押さえた壱之介に、清野は唇を歪ませて笑う。

「そんな直截《ちょくせつ》な物言いはしなさんな」

はあ、と壱之介は肩をすくめる。

「まあ」と清野は苦笑を深める。

「言いつくろっても同じことか。だがな、先方もさすがに、なかったことにするつもりはない、と言うた。不届きをなした倉沢陽三郎と家臣の鉄之助は、国許に送って謹慎させるそうだ。国は備前《びぜん》の西だというから、もう二度と江戸に戻ることはあるまい。それに、傷を負わせた娘には、それなりの見舞金を出す、と言うていたわ」

「そうなのですか」

「うむ。ま、当てが外れたのは口入れ屋だな。濡れ手に粟《あわ》の儲けは流れた、ということだ」

ははは、と笑う。

そうですか、と壱之介は口中で繰り返した。なれば……。

「そうだ、壱殿」清野が顔を向けた。

「明日は上野に行かれるのか」

「はっ？」

「二十四日ではないか」

あっ、と壱之介は息を吞む。しまった、うっかりしていた……。

「は、はい、参ります」

「そうか、わたしも見廻りに行くゆえ、また会えるな」

「はい」壱之介は足を止めた。

「では、また」

踵を返して走り出す。

そうか、七月二十四日か……。家斉の顔が浮かんでくる。

神田の辻を曲がって徳兵衛長屋に駆け込むと、

「ごめん」

と、秋川兄妹の戸口に飛び込んだ。

「や、これは壱殿」

出て来た友之進に、はい、と息を整えながら、土間で向き合う。

「よい知らせです。あの若様と家臣は国許に送られて謹慎させられるそうです。家移りしなくとも大丈夫ですよ」

屏風の陰から音が鳴った。

紫乃がそっと晒を巻いた顔を覗かせる。

壱之介は頷いた。

「ここにいてください。見舞金も出すそうですから、汚れた畳も変えられます」

紫乃と友之進が顔を見合わせ、笑顔になる。

「では、わたしはこれで」

壱之介が背を向けると、

「や、お茶でも」

友之進の声が飛んだ。

「いえ、急ぎますので」

壱之介は外へと飛び出し、走り出した。

第五章　不審の者

一

上野の山を、将軍の行列が上がって行く。

新番士は将軍を囲むように従っており、壱之介はすぐ横に付いていた。

以前、鞠が落ちてきた林は通り過ぎ、行く手には根本中堂が見えてきた。が、右側は松林が続いていて、少し暗い。

と、林で音が上がった。

新番士らは顔を向け身構える。

壱之介も家斉の前に立って、柄に手をかけた。

林の中から「カァ」という声が上がった。

バサバサという羽音とともに、カァカァという鳴き声も響かせて、何羽もの烏《からす》が飛び立った。

ほっと息を吐いて、壱之介は家斉を振り返った。

顔を強ばらせた家斉は、それをさっと逸らす。

新番士らはそれに応じて、なにごともなかったかのように、前を見て歩き出した。

行列は奥へと進み、家斉は徳川家の廟所へと入って行った。

広い墓所は、高く長い塀に囲まれている。

ほとんどの供は、その外で待機するのが常だ。組頭である父の不二倉新右衛門は中へと入るが、平の新番士らは隅に固まり、将軍の出を待つ。

壱之介の隣に立つ笹野《ささの》が、そっと声をかけてきた。

「そなたは来ないかと思うていたわ」

「いえ」壱之介も小声で返す。

「上様に供をするように命じられていましたので」

「ふむ、上様に、か。まあ、そなたは上様が元服なさる前からお供をしてきたからな」

「はあ」

壱之介は首をすくめる。

笹野はふっと口元を歪めた。

「いや、うらやんでいるわけでないぞ。大事な命《めい》を受ければ、負う責めも大きくなる。ましてや密命ともなれば、その荷の重さはいや増すからな」

はい、と壱之介は顔を伏せた。

新番士の仲間らは、皆、よけいなことを訊いてはこない。

「大変であろうな」話を聞いていたらしい前の新番士が振り向いた。

「一人での探索となれば、相談も助け合いもできまい」

はあ、と壱之介は頷く。

「父から、はみだし者と言われました。一人で進む覚悟を持たねば、と腹に力をこめております」

「ふむ」

笹野が頷く。

「まあ、頼りになる父上がおられるゆえ、乗り切れるであろう」

「うむ」振り向いた顔も頷く。

「いざとなれば、我らも力になれよう」

「はっ」壱之介は顔を上げた。

「そのお言葉、心強く思います」

言いながら拳を握った。助けを求めるわけにはいくまいが……。

頭上に、烏が行き交う。

「おっ」

前から声が聞こえてきた。

「上様のお戻りだ」

新番士がたちまちに隊列を組んだ。

墓所を背にした家斉は、晴れ晴れとした面持ちで、こちらにやって来た。


番町不二倉家。

夕餉を終えて廊下に出ると、父が息子を呼び止めた。

「ちと、話がしたい」

はい、と壱之介はあとについて行く。

普段はあまり使わない書院に入ると、父の新右衛門は神妙な面持ちで向かい合った。

なんだろう、と唾を呑み込む壱之介に、父は「いや」と微笑んだ。

「そなたを叱ろうというのではない。だが、大事な話だ」

新右衛門は目を上に向けた。

「元文《げんぶん》の元年（一七三六）、今からおよそ五十年ほど前のことだ」

「五十年……」

「うむ、わたしも生まれておらぬ。ゆえに、父上から聞いたことだ。父上、そなたのお祖父《じじ》さまも、初めは西の丸の新番士であったそうだ。当時のお世継ぎは家重公であられた」

「では、吉宗公が将軍であられた時代ですね」

「さよう。家重公はすでに二十代の半ばになっておられたが、吉宗公がご健勝であったゆえ、お世継ぎのままであった。その家重公が御鷹狩りにお出ましになった折のことだ。そなた、千住《せんじゅ》の小菅御殿《こすげごてん》には、まだ行ったことはなかったな」

「はい、まだ」

家斉は御鷹狩りに出ることが少ない。

「ふむ。千住の小菅はよい狩り場でな、吉宗公もよくお出ましになられたそうだ。で、家重公も行かれたのだが、その御殿で御膳を召し上がってのち、お具合が悪くなられて寝込まれたそうだ」

「お具合が……御鷹狩りにお出ましになられた、ということはお元気だったわけですよね」

言いながら壱之介は、はっと息を呑んだ。家基様と同じではないか……。

その強ばった顔に、父は頷いた。

「さよう……お城から奥医師も遣わされたが、なにゆえに急にお倒れになったか、はっきりしなかった。お腹が悪くなられたのは確からしい」

「それは御膳のせいでは……」

「うむ、誰もがそう考えたであろう。父上もそう思うた、と言うていたわ。しかし、なにが悪かったのか、わからずじまいであった」

壱之介は、唾を呑み込んで喉を鳴らした。

「毒を……盛られた、ということですか」

父は畳を見つめる。

「それもはっきりはしなかった。が、お供の者らは皆、そう思ったらしい。警護の新番士らは、誰もが生きた心地がしなかったであろう」

「それは……そうでしょうね。なれど、助かったわけですね」

「うむ。しばらくのあいだ御殿で伏せっておられたが、ご快癒なさったそうだ」

父の言葉に、壱之介はほうっと息を吐いた。

「さて」と父は顔を上げた。

「では、なにゆえに毒を盛られたと皆が疑ったのか。それは、家重公を排そうとするお人らがいたからだ。そなた、家重公の弟を知っているな」

「はい、ご次男が田安家初代の徳川宗武様、その次が一橋家初代の徳川宗尹様、ですよね。確か、家重公とは仲が悪かった、と……えっ、まさか……」

壱之介は身を乗り出した。

「うむ」父は大きく頷いた。

「宗武様はご幼少の頃より英明の誉れ高く、自らもそれを誇っておられたそうだ。そして、宗尹様は宗武様と仲がよかった」

「家重公はお言葉が不明瞭であられた、と聞いたことがあります」

「さよう。父の話では、お顔が強ばっていて、よくお口が動かなかったようだ。それゆえに宗武様は、兄上のことを暗愚《あんぐ》と、公然と誹謗なさっていたという話だ。時の老中首座松平乗邑《のりさと》様も宗武様を高く買って、家重公を排して宗武様をお世継ぎにすべきだと、吉宗公に、いや、そればかりか、城中の皆にも進言していたということだ」

「なんと……」壱之介は拳を開いて膝をつかんだ。

「では、家重公に毒を盛ったのは宗武様、ということですか」

「それを命じた黒幕であろう、とひそかに噂されたそうだ。そればかりではない。その後、家重公の御簾中《ごれんじゅう》様がご懐妊されたのだが、早産となってお子は助からなかった。そして、御簾中様も続いてお亡くなりになられた。それも毒を盛られたのではないか、という噂が流れたそうだ」

「そんなことが……」

顔を引きつらせる息子に、父も歪めた面持ちで頷く。

「それもあくまでも噂。毒を盛られたかどうか、明らかになったわけではない。だが、疑いは残ったままだ」

父は息子を見据えた。

「御鷹狩りの御殿でそのような事が起きたのは、警護の新番士にとってとんでもない不名誉なこと。父上は食が通らず、瘦せ細ったと言っていた。さらに……わたしを含め、ほかの新番士とて、その話を聞いていたというのに、家基様をお守りすることができなかったのだ」

今度は父が拳を握った。両の拳が膝の上で震える。

「よいか」父は顔をまっすぐに上げた。

「このことは新番士として、知っておかねばならぬ。そなたも決して忘れずに、いつか跡継ぎができたら伝えるのだぞ」

「は、はい」

「けっして油断はならぬ」

「はい」

壱之介は背筋を伸ばして頷く。頭の中で、会ったことはない家重公や宗武侯の姿がぐるぐると回った。

「そのこと、上様もご存じなのでしょうか」

「ふむ、当然、お世継ぎとなられたあと、誰かがお耳に入れたであろう。お命に関わることだからな」

そうか、とつぶやいて、壱之介は唇を嚙んだ。そのような話を聞けば、恐れを抱かれても無理はない……。

鞠や鳥に怯えた家斉の顔を思い出していた。と、「あっ」と声が洩れた。

「田安家といえば……」

「さよう」父は目で頷く。

「その宗武様の御子が、田安家から養子に出された松平定信様だ」

壱之介の脳裏に、城中で見かけた定信の姿が甦ってきた。

唾を呑み込むと、喉が小さく鳴った。

二

数日後。

壱之介は徳兵衛長屋へと向かった。

「ごめん」

秋川兄妹の戸口に立つと、「おう」と友之進の声が返ってきた。

「入ってくれ、壱殿」

言葉のままに土間に入ると友之進は一枚だけ、新しくなった畳を叩いた。

「変えたぞ、もう血のしみも臭いもない」

ほう、と覗き込みながら奥にも目を向けると、屏風の陰から、まだ額に晒を巻いた紫乃が顔半分だけを覗かせた。

それに気づかぬふうをして、壱之介は友之進に向き合った。

「ということは、見舞金が入ったのですか」

「うむ、上屋敷から使いが来て、小判の包みを置いていった。いや、顔の傷は金で償えるものではないが、あちらの嘘が覆《くつがえ》っただけでもましだ」

「ええ、不埒者が江戸から追放されたのもなによりです」

「さよう、これでひとまず決着だ」言ってから、友之進は慌てて屏風を見た。

「や、そなたは気がすまぬだろうが」

「いえ」屏風の陰から声だけが戻って来る。

「いつまでも引きずるわけにはいきません」

ふむ、と友之進は苦笑を含んで、壱之介を見た。

「まあ、とにもかくにも壱殿のおかげで事はおさまったのだ。礼を申す」

「いいえ」壱之介は笑みを浮かべた。

「わたしがたまたま行き合ったのも運というもの……落ち着いたのであれば、よかった」

「うむ、それゆえ、仕事探しに動かねば、と思うていたところなのだ」

友之進は置かれた文机を見た。

「なるほど、筆耕の仕事探しですか」壱之介もそちらに目をやる。

「どのような所を訪ねるのですか」

「そうさな、筆の仕事といえば、書肆がよいのだろうが、さて、当てもないゆえ端から順に訪ねて行こうかと……」

「書肆」とつぶやいて、壱之介は「あっ」と声を上げた。

「当て、あります」

「え、真か」

「はい、行きましょう、あ、なにか書かれた物はありますか」

「お、おう」友之進は箱を引き寄せた。

「いろいろと書いてはみたのだ」

「では、それを持って、出かけましょう」

「これからか」

「ええ、善は急げです」

足踏みをする壱之介につられて、友之進は急いで身支度を調え、箱を風呂敷に包んだ。

屏風から顔を覗かせた紫乃に、

「行ってくるぞ」

と頷くと、二人は外へと出た。

壱之介と並んだ友之進は、横顔を見る。

「して、どこに行くのだ」

「蔦屋です」

え、と友之進は目を丸くする。

「いきなり、そのような大店《おおだな》に……」

壱之介は大丈夫、と目で応えて足を速めた。

蔦屋の店の前には、大勢の客がいた。それをかき分けて、

「ごめんください」

と、入って行く。

「いらっしゃいまし」顔見知りになった手代が、

「旦那様に御用ですか」

と問う。

「うむ、引き合わせたい御仁がいるのだ」

「少々、お待ちを」と手代が奥に知らせに行くと、すぐに座敷に通された。

友之進は戸惑いながらもついてくる。

「おう、兄さんか」

座敷で重三郎が、胡座のまま膝を回した。

「すみません、突然に」

正座をする壱之介に友之進も続き、二人で向き合った。

「実は」壱之介が友之進を手で示す。

「こちらは秋川友之進殿という御浪人で、筆耕の仕事を探しているのです。で、繁盛している蔦屋さんなれば仕事もあるのでは、と思いまして……」

「ふうん」重三郎は友之進が抱えている風呂敷包みを見る。

「それは……」

「はい」友之進は包みを開いた。

「書いた物を持参しました」

箱を開けて、中から墨文字の連なる半紙を取り出して広げる。

壱之介も首を伸ばして見る。漢詩や論語、そして仮名文字などが書かれている。

ほう、と重三郎は手に取った。

「達者な筆だ。これなら、お願いしたい……そうだな……」

重三郎は横の部屋を見る。

窓の大きな部屋では、摺師《すりし》らが刷り物をしているのが見えた。仮名文字に絵も添えられているのが見て取れる。黄表紙らしい。

重三郎は「うん」と言って友之進を見た。

「今は新しい版木で刷っている最中だ。なので、とりあえず写本を作っていただきたい。いかがかな」

「はい」友之進は身を乗り出す。

「写本でもなんでも」

「他愛もない黄表紙でもかまいませんかな」

「どのような本でも」

頷く友之進に、重三郎はにっと笑った。

「そりゃ、助かる。御浪人のなかには、くだらん本は断る、なんてぇお人もいるんでね」

「わたしは筆を揮えるのなら、選り好みはしません」

手を握りしめる友之進に、重三郎は背後の本の山から一冊を抜き取った。

「版木がだめになったんだが、作り直すほどじゃない、だが、ほしがる人はいる、ってえ本だ。とりあえずこいつの写本を頼みましょう。いずれ、版木のための筆もお願いすることになるでしょうが」

差し出された書物を受け取って、友之進は胸の前に掲げた。

「ありがとうございます」

「いや、こちらこそ、助かった。筆達者のお人はいくらでもほしいのでね。秋川殿はどこぞのお屋敷で祐筆《ゆうひつ》でもなさっておられたか」

「あ、はい……」

頷きつつ、友之進はちらりと壱之介を見た。田沼家の名を出してよいものかどうか、とその眼が揺れていた。

大丈夫、と壱之介は舟での話を思い出して目で頷いた。

「秋川殿は田沼主殿頭《とのものかみ》様の御家臣だったのです」

壱之介が言うと、重三郎は「ほお」と面持ちを弛めた。

「そうだったのかい。田沼様は才で人を選ぶお方だからな、うん、どうりでよい腕だ」

「はい」友之進は顔を上げた。

「書を持ってお屋敷に押しかけたのです。仕官したい、と。殿はすぐにご覧くださって、その場で家臣にしていただきました」

「へえ、田沼様らしい」重三郎は笑顔になる。

「あのお方は、血筋だの家格だの、つまらんものにはこだわらずに、才があれば買う、という大人物だ。わたしも惚れ込んだものよ」

「え」と壱之介は首を伸ばした。

「蔦屋さんは田沼様と会われたのですか」

「ああ、源内《げんない》先生についてお屋敷に行ったことがある」

「源内……平賀《ひらが》源内ですか」

壱之介の声が裏返ると、重三郎は笑顔を少し歪めた。

「そうさ、源内先生はほかの書肆からたくさん本を出していたが、うちでもお願いしたからね。惜しい人を亡くしたものよ」

平賀源内は安永《あんえい》八年（一七七九）、諍《いさか》いから人を斬り殺して牢屋に入れられ、そこで病死していた。

「源内先生は」友之進は目を細める。

「よく田沼様のお屋敷にお見えになってました。殿はその才を高く買っておられ、源内先生もまた殿を頼りにされていたごようすでした」

「うん」重三郎が頷く。

「互いにぞっこん、ってぇやつだったな。田沼様は人を見る目ってのを持っていらっしゃった」

「はい」友之進は首を縮める。

「わたしが言うのは面映《おもは》ゆいですが、人の才覚を見抜く目はひときわでした。それは意知様にも受け継がれていました」

「うんうん」重三郎が膝を叩く。

「あたしも意知様と言葉を交わしたが、あのお方は父上を上回る器とお見受けしたもんだ。考えることが、なにしろでかい」

「そうなのです」友之進が膝で進み出る。

「殿は広く外国《とつくに》へと目を向けておられ、それを意知様に教えておられました。受け継いだ意知様は遠く海の果ての国々を見据えて、文物を取り入れ、日本《ひのもと》からはさまざまな物を売り、この国を豊かにする、とお考えでした。阿蘭陀《オランダ》から来たイサーク・チヂングとも対面して話をなさったのですが、チヂングは意知様の知識と考えの広さに、驚いた顔をしていたと、お屋敷の者から聞きました。意知様は、世の中を見る尺度が違ったのです」

　友之進は誇らしげに胸を張る。

「ああ」と、重三郎が頷いた。

「源内先生も田沼様から外国の本や絵や、いろいろな物をもらったと言っていた。それを元に、絵を描いたりいろんな物を作っていたな」

「へえ」壱之介は目を見開いた。

「そうだったのですか」

「そうよ」重三郎が天井を見上げる。

「あたしも地球儀ってのや、世界の絵図を見せてもらったものだ。日本がいかに小せえかがわかって、ぶったまげたぜ」

へええ、と壱之介は丸くした目で、重三郎と友之進を見た。

「くっ」と、友之進は張っていた胸を丸め、喉を鳴らした。

「意知様が生きておられれば、日本は大きく開けて変わったであろうに……」

「まったくなぁ」重三郎が顔を振る。

「くだらねえ怨みや妬みで殺していいお人じゃねえってんだ」

ふうっと、口から息が漏れた。

友之進はうつむけた顔を赤くしている。

壱之介は、そっと唇を噛んだ。わたしはなにも知らなかったのだな……。そう思うと、そっと拳を握った。

三

神田の道を歩いていた壱之介は、ふと耳を立てた。「老中」という言葉が背後から聞こえてきたからだ。

振り返ると、すぐ横を通り過ぎた二人組の武士が話しながら歩いて行く。着流しに釣り竿を手にしていた。

非番の御家人だな……。壱之介はそう思いながら足の向きを変えると、二人の後ろについた。

「いまさら文武と言われてもな」

細身の男が言うと、「おう」と、がに股の男が頷いた。

「若い頃ならいざ知らず、この年で武術に励んだところで、怪我をするのが落ちというものだ」

はっ、と笑う。

「そうさな、学問にしたところで、もう右から左に抜けて行くだけだ。頭の中に留まらんわ」

目尻の皺を動かして苦笑すると、横の男が空を見上げた。

「今まで格別に怠けていたわけでもないというのに、励めと言われてもな」

「うむ、しかし、励んでいる者がいれば伝えよ、というお達しもあったしな、なにか褒美でも、もらえるのやもしれん」

「ふむ、出世に繋がるとも考えられるな。まあ、それは励むようにするための餌のようなものだろうが」

「そうだろうな、今度の老中首座様は、早く成果を上げたいのだろう」

細身の男が肩を上げると、がに股が声を低めた。

「知っているか、この狂歌を……世の中に蚊ほどうるさきものはなし、ぶんぶというて夜も眠れず……」

「なんだそれは……」細身は首をひねってから、ああ、と笑い声を出した。

「文武に対する当てつけか」笑いながら、また首をひねった。

「幕臣の作に間違いはあるまい」

「ああ、町人には関わりがないからな」

「また大田南畝殿かもしれぬ」

「いやぁ、大田殿は筆を控えているらしいぞ。上から目をつけられているゆえ」

「それはそうか。では、誰であろうな。才のあるお人だ」

「さあて……まあ、決して明らかにはなるまい」

二人は頷き合いながら、道を進んで行く。

壱之介は聞いた話を耳の奥にしまい込んだ。そのような狂歌が詠《よ》まれていたのか……。くすり、と笑いそうになって、それを呑み込んだ。

道の先に大川が見えてきた。海に注ぐ河口だ。

「さあて」細身が辺りを見渡す。

「日陰を探したいところだが」

すでに八月になっていたが、日差しはまだ強い。

「ううむ、ないな。少しだけ糸を垂らして、酒でも呑みに行くか」

がに股の言葉に、

「お、それはよいな」

細身が頷きながら水辺に歩き出す。

壱之介は二人に背を向けて、元来た道を戻り始めた。

江戸城。

中奥近くの廊下で控えていた壱之介に、白い足袋《たび》の足が寄って来た。

「参ったか」

見下ろす家斉に、壱之介はかしこまる。

「はっ、上様」

「ついて参れ」

踵を返す家斉に、壱之介は慌てて立ち上がった。

中奥の玄関から外へと出て行く。

外には、すでに数人の新番士が待っていた。

「どちらへ」

壱之介は後ろにつきつつ横顔を見ると、

「吹上の庭に行く」

家斉は狐坂《きつねざか》を下りて行く。

本丸のある台地から下へと続く坂道で、途中に狐の巣穴があるために、そう呼ばれている。

下に下りて内堀を渡ると、その向こうは木々の茂る吹上の御庭だ。

家斉の斜め後ろについた壱之介は、深い緑を見上げながら庭へと足を踏み入れた。

ほかの新番士らは、間合いをとってついてくる。

「町のようすはどうか、またなにかあったか」

家斉が歩みを緩めて振り向く。

「はっ」と壱之介は歩み出た。

「先日、町で御家人が話しをするのを耳に挟みまして……」

聞いた狂歌を口にする。

「くくっ」と家斉は笑いを漏らした。

「なんと、そのような狂歌が……」

「はい、おそらく城中の役人の作でしょう」

「であろうな……文武、文武とうるさく言われて、皆、閉口していると、余も小耳に挟んだわ」

小気味よさそうに笑いながら、家斉は木立のあいだを進んで行く。

林の中には池があり、涼しい風が吹いてくる。

家斉はうーん、と腕を伸ばした。

「狭っ苦しい城中よりも、こちらのほうがよほどよい」

以前、西の丸に暮らしていた頃には、頻繁に散策をしたのを壱之介は思い出していた。ときには、田沼意致が供に加わることもあった。一橋家の家老であった意致は、家斉が幼少の頃から側についていたため、心安げに言葉を交わしていたものだった。

「あのう」壱之介は声を低めた。

「上様は田沼主殿頭様とは、よくお目通りなさったのですか」

ふむ、と家斉は振り向いて立ち止まった。

「よく、というほどではないが、いくども言葉は交わしたことがあるぞ。とくに、わたしが世継ぎに選ばれる前には、屋敷を訪ねて来て、話をしたものだ。あとで思い至ったが、世継ぎとしてふさわしいかどうか、見極めに来ていたのであろう。いろいろと問われて、答えたのを覚えている」

「そうでしたか。ご子息の意知様もご存じですか」

「うむ、むろん知っている。若くして若年寄になった英明の者だと評判であったからな。意致の従兄弟でもあるし、いくどか目通りして言葉も交わした。晴れやかで堂々とした者であった」

「そうですか。わたしは遠くからお姿を見たことしかないのですが、生前を知るお人らから、優れたお方であったと聞いたものですから」

「うむ、まさか、あのように命を奪われるとは……いずれ老中となれば頼りになるであろう、と思うていたゆえ、余も力が抜けたものよ」

面持ちを歪める家斉を伺いながら、壱之介はさらに声を落とした。

「意致様の父上、意誠様も一橋家の家老であられたと聞いたことがあるのですが」

田沼意誠は意次の弟だ。

「うむ、そう聞いている。余が生まれたばかりの頃に、意誠は亡くなったそうだから、会ったことはないが」

「そうでしたか。では……」壱之介は息をそっと吸った。

「一橋家と田沼家は、ずっと以前からの繋がりがあったのですね」

家斉が世継ぎに選ばれたのは、意次と意致の後押しもあったと聞いていた。

「さよう、父上も主殿頭といろいろと相談しながらやってきた、と聞いたことがある」

なれば、と壱之介は頭の中で言葉を巡らせる。なにゆえに、田沼家を排除したのか……田沼意次様ばかりでなく、意致様まで排したのはなぜなのか……。その思いをどのように口にしようか、考える。

「で、あるのに」言葉を発したのは家斉だった。

「父上はなにゆえに田沼家を、意致までを、罷免したのか……」

家斉は歪んだままの顔を、壱之介に向けた。

「余にもわからぬのだ」

壱之介の胸の内を読んだように、家斉は小さく首を振った。

はあ、と壱之介はなにも言葉に出せないまま頷いた。

家斉は首を振りながら歩き出す。

「意致がいなくなって、余は不便をしている。あの者がいかに気が利き、役に立っていたか、今になってつくづくとわかるのだ」

「そうなのですか」

「うむ、今の取り次ぎ役は、いちいちつまらぬことまで余に言うてくる。意致は機転を利かせ、うまく捌いていたのだと感じ入っているのだ」

家斉は息を吐いて、頭上の木々を見上げる。

「空が高くなったな」

風で枝の揺れる音が、辺りに響いていた。


城を出た壱之介は、表玄関の見える場所にそっと立った。

本丸表の玄関を出入りする人は限られている。将軍や重臣、大名らだ。そのほかの役人たちは脇の戸口を使うことになっている。

隅でじっと佇んでいた壱之介は、はっと目を瞠った。

玄関から人影が現れた。松平定信だ。

すぐ後ろに、いずこかの大名と見える若き武士が続いている。

二人は玄関を出ると、ともに歩き出した。

ふむ、と壱之介はその姿を見た。若い大名のほうは半歩、下がって歩いて行く。定信も三十半ばと若いが、連れは二十代に見える。腰をやや曲げ気味にして、いかにも老中首座に遠慮をしているのが見て取れた。伺うように言葉をかける大名に、定信は顎を上げたまま頷いている。

壱之介は、そっと眉を寄せた。偉そうだな、と思って、そう思う自分に首を振った。いや、真に偉いのだ、老中首座様なのだからな……。胸中でつぶやきつつも、眉間はさらに狭まった。しかし、なんと尊大な、と……つぶやきかけて、壱之介は、はっとした。そうか、これまで知らなかった田沼家や田安家の話を聞いて、わたしは定信侯の見方が変わったのだな……。

壱之介は息を吸った。果たして、それはよいのか悪いのか……。迷って、いや、と息を吐く。それはこれから見極めていけばよい……。

隅からそっと離れると、壱之介は間合いを取って二人のあとについた。

本丸玄関のすぐ前にある中雀御門を抜けた二人は、急な坂を下って行く。

壱之介は坂の端を下りながら、耳をそばだてた。

「さよう」定信が頷くのが見えた。

「お触れは次々に出していく所存だ。田沼めが腐らせた世を、根こそぎ正さねばならぬ」

「はは、ごもっとで」

若い大名は深く頷く。

坂道を下りると、百人番所の者らが一斉に頭を下げた。

定信は一瞥もくれずに、進んで行く。

二人は大手三之御門《おおてさんのごもん》を出た。御門の横の広場には、登城に付き従った供の者らが控えている。

定信は、待ち構えていた漆塗《うるしぬ》りの乗り物に乗り込んだ。

壱之介はそっと見続けていた。屋敷はすぐ近くであるのに、乗り物に乗るのだな……。

乗り物は持ち上げられ、行列は進み出した。行列は人数が多く、供奉の者らは立派な出で立ちをしている。

ほかにも、主を待つ家臣らの一行はあちらこちらにいるが、立派さは群を抜いていた。

ともに坂を下ってきた若い大名は、頭を下げたままそれを見送っている。

壱之介は間合いをとったまま、行列のあとを歩いた。

老中の役に就いた者には、役宅が与えられる。城のすぐ下、濠の内側にある屋敷だ。そのなかでも西の丸下にある大名小路《だいみょうこうじ》と呼ばれる一画は、大きな屋敷が建ち並んでいる。

定信の行列はその大名小路に入って行った。

西の丸を仰ぎ見ることのできる屋敷で、一行は止まった。

壱之介は道の端から首を伸ばして、門を入って行くのを見つめた。

たいそうなお屋敷を賜ったものだな……。そう思いながら、長い塀と大きな屋根を眺める。上様のご意向ではあるまい、となれば治済侯か……。目を眇めながら、壱之介は踵を返して、大名小路から離れた。

四

徳兵衛長屋に行くと、壱之介はその足で秋川兄妹の戸口に立った。

開いた戸から、座敷で文机に向かう友之進が見えた。筆を滑らせている友之進は、覗く壱之介に気づかない。

「あら」と声が上がった。

出て来たのは、紫乃だった。もう額の晒はなく髪を結い上げている。ために、傷痕がくっきりと見えた。

「いらせられませ」

妹の声に、友之進が気づいて顔を上げた。

「おう、これは壱殿」

はい、と土間に入って行くと、膝をついた紫乃をそっと見た。額の傷は赤味は消えたものの、はっきりと斜めに残っている。

紫乃はそれに手を当てると、小さく肩をすくめた。

「いただいたお薬も効いて、すっかりよくなりました。痕はこんなふうですけど」

「いや……」壱之介は言葉を探す。なにか言わねば、と思うが、よい言葉が見つからない。

「いろいろと世話になり、礼を申し上げる」

友之進が筆を置いて、かしこまった。と、その顔を笑いで歪めた。

「いやぁ、その上にこのようなことを申すのは厚かましいのだが……」

兄の言葉を奪うように、紫乃が口を開いた。

「わたくしも筆耕をさせていただくわけにはまいりませんでしょうか」

は、と首を伸ばす壱之介に、紫乃は文机を指で差した。

「兄は毎日、熱心に筆写をしております。浪人となってから初めてなのです、このように真剣な面差しとなったのは」

「いやぁ」友之進が首筋を掻く。

「筆を揮っていると、無心になれるのでな」

「ほう、それは……」

「ご覧ください」紫乃が手に半紙を広げた。

「わたくしの筆です」

漢字交じりの仮名文字が、なめらかに記されている。

「紫乃殿が書かれたのですか」

壱之介の問いに、

「はい」紫乃が頷く。

「わたくしは兄ほど漢字は上手ではありませんが、仮名文字であればさほどひけは取らぬかと……田沼様のお屋敷にいた頃、お方様に褒めていただいたこともありまして」

「うむ」壱之介は顔を近づける。

「よいお蹟《て》だ。これならば蔦屋さんも喜ばれよう」

「さようか」友之進は、膝を打った。

「なれば、写本を届ける際に、紫乃を連れて行ってもかまわぬだろうか」

壱之介は並んだ兄妹を見た。

「いや、なれば善は急げ、これから紫乃殿を連れて蔦屋に行きましょう」

「え、よいのか」

「はい、友之進殿はそのまま仕事を続けてください。わたしもちょうど蔦屋に行きたかったのです」

重三郎ともっと親しくなりたい、と壱之介は思っていた。

「では」紫乃はいそいそと支度を調える。

風呂敷包みを抱えると、立ち上がった。

「壱之介様……」そう言ってから口を押さえる。

「あ、すみません、つい兄の壱殿が耳に馴染んで……」

「いえ、かまいません、そう呼んでください。わたしも勝手に紫乃殿と呼んできたのですから」

「では、壱之介様、よろしくお願いいたします」

紫乃は肩をすくめて、土間に下りて来た。

「よし、参りましょう」

外に出る二人に、友之進の声が飛んだ。

「お願いいたす」

頷いて、長屋を出た。

蔦屋の店先に行くと、ちょうど重三郎が外から戻って来たところだった。

「おう、兄さんか」重三郎は壱之介に声をかけつつ、隣の紫乃を見た。

「お連れさんかい」

額の傷に目を留めたが、すぐに逸らして微笑みを作った。

「はい」壱之介が紫乃を目で示す。

「こちらは……」

「いや」と重三郎は顎をしゃくった。

「まあ、お上がんなさい。そこで聞こう」

すたすたと進む重三郎について、壱之介と紫乃も座敷へと上がった。

奥で向かい合うと、

「こちらは秋川友之進殿の妹御で紫乃殿です。実は兄上と同じように、筆耕をしたいと……」

壱之介は説明した。

「お初にお目にかかります」紫乃は手をついて、頭を下げる。

「兄がお世話になっております。さらに厚かましいお願いに伺い、恐縮に存じますが……」

紫乃は風呂敷包みを広げると、中の半紙を取り出した。

重三郎は差し出された半紙を手に取って、ふうん、と紫乃を見た。

紫乃は顔を伏せることなく、まっすぐに重三郎を見る。

壱之介はそんな紫乃を、横目で見た。傷痕を白粉《おしろい》で隠すこともできように、そうはしないのだな……蔦屋さんも、まるで傷などないかのようにふるまっておられる、心遣いの細やかなお人だ……。そう思いながら、二人を交互に見ていた。

重三郎は紫乃の書いた字を目で追って、「うん」と頷いた。

「それじゃあ、とりあえず写本をお願いしよう。読みやすい字だから、子供向けの赤表紙がいい。これまでこういう本を読んだことは……」

重三郎は横に積まれた書物の山から、赤い表紙の本を抜き取る。本は大人向けの読み本が黄表紙、子供向けが赤表紙、軍記物が黒表紙などに分かれている。

本を受け取った紫乃は、それを開いた。

「いいかい」重三郎は説明する。

「漢字には必ず読み仮名を振る」

「はい、読み仮名はずいぶんと小さくするのですね」

「ああ、筆を変えるといい。で、こっちは……」

二人のやりとりに、壱之介は、ほっと肩の力を抜いた。そのせいで、前には見ることもなかった、周囲に目を向けた。

隣の部屋では、相変わらず摺師らが忙しそうに手を動かしている。

表のほうからは、人の声が聞こえてくる。店に来た客と手代らのやりとりだ。

「もっとまともな本はないのか」

聞こえてきた言葉に、壱之介は膝を回した。障子の陰から首を伸ばして、店のほうを見た。

明るい店先は、人で賑わっている。

「くだらぬ物ばかり並べおって」

続いた言葉に、壱之介は耳を澄ませた。声に聞き覚えがある気がした。

「老中首座様は文武に励めと仰せだ。学問の本も揃えろ」

はっと息を呑んで、壱之介はさらに首を伸ばした。この声は……。

店先に立つ武士の姿が見えた。

「はあ」と手代が手を擦り合わせている。

「学問の本はこちらに少々……」

「ふん」と武士が顔を上げる。

「これからの御政道は、これまでのような愚かしいやり方では通用せぬぞ。世の中は正しく導かれるのだからな」

やはり、と壱之介はその武士を見た。以前、友之進に難癖をつけ、田沼家を誹謗した挙げ句に斬りつけた男だ。尖った顎を上げて話すようすは、そのときと同じだった。

壱之介は唾を呑み込む。

男は袖を翻すと、店先を離れていった。

あの者……。刃を交わしたときのことを思い出して、壱之介は唇を嚙む。

あっ、と声を漏らして立ち上がると、壱之介は座敷を下りた。急いで草履を履いて、店先に飛び出す。どこの者か、確かめねば……。

道に立って、去って行ったほうを見るが、男の姿はすでに消えていた。


夜。

屋敷に戻った壱之介は、まっすぐに父の部屋へと向かった。

「父上、お邪魔してもよいですか」

開けられたままの障子から覗くと、

「おう、かまわぬぞ、入れ」父は、振り向いた。

「どうした」

「はい」座敷に入りながら、壱之介は書棚を見た。

「切絵図《きりえず》を見たいのですが」

おう、と父は腰を浮かせて手を伸ばす。

畳まれた切絵図が箱の中に重ねられている。

「どこのだ」

父は一番上にあった絵図を手に取って広げる。

切絵図は、江戸の町ごとに記してある。江戸城周辺、神田周辺、番町周辺、上野、浅草、本所《ほんじょ》や深川など、ほとんどが網羅《もうら》されている。

もともと武家屋敷の詳細を知るために作られた物だ。

武家屋敷には名を記した表札などないため、誰の屋敷かわからない。屋敷を訪ねたい商人にとって、切絵図はなくてはならない物だった。書肆が作り始めてから、たちまちに求める人が増え、次々に作られた。江戸にやって来た人々にも重宝されて、年を追うごとに版も新しくされ、広まっていた。

壱之介は、箱に手を伸ばした。

「すべてお借りしてもよいですか」

「ふむ」父は広げた絵図を畳んで戻す。

「よいぞ、持っていけ」

はい、と壱之介は箱を抱え上げた。

五

朝。

屋敷の廊下を玄関へと進んでいた壱之介は、後ろから「これ」と声をかけられた。父がやって来ていた。

「その姿で出るのか」

着流し姿の壱之介を、上から下まで見る。

「はい」壱之介は腕を広げた。

「少し違って見えるかと思いまして」

「ふうむ、確かに人は身なりで見た目が変わるが」父は横に並んだ。

「それも探索のためか」

「はい。相手に気取《けど》られずに探る方策を考えました」

息子の言葉に、父は片眉を寄せた。

「ほう、なにやら隠密のようになってきたな」

「いや……まあ……」

苦笑して、壱之介は背筋を伸ばす。

玄関で待っていた母が、父子を見上げて「あら」と目を見開いた。

「いってらっしゃいませ」

そう言って手をついた母は、息子に顔を向けた。

「お役目は大事なれど、気をつけるのですよ」

「はい」

壱之介は振り返って頭を下げた。

先に玄関を出た父が、足を止めて待っている。

壱之介は、それに頷いて外へと出た。

門を出て進むと、父は半蔵御門へと向きを変えた。

「母の言葉、忘れるでないぞ」

そう言う父に、壱之介は腰を折って「はい」と返す。

門の内に入って行く父を見送って、壱之介は内濠沿いの坂を下った。

上野から浅草へと、壱之介は目を凝らしながら歩いた。

徳本寺に着くと、佐野善左衛門の墓へとまっすぐに向かう。

人は減っていたが、数人の町人が墓石の前にいた。佐野大明神様、と声を上げながら、手を合わせたり線香を供えたりしている。

壱之介は少し離れて、それを眺めていた。

しばらく立っていたが、やがて墓地を出た。寺の外をゆっくりと歩きながら、目を凝らす。

いないな、と、壱之介は足を止めた。

以前、見かけた気がした尖り顎の武士を探していた。

人違いだったか、とつぶやいて、いや、と首を振った。蔦屋での物言いが思い出される。辺りに聞こえよがしのわざとらしい話し方であった……佐野の墓所でも、同じように言っていたのではないか……。

そう思いつつ、浅草をあとにした。

頭上から陽が傾き、上野を廻っているうちに、影が伸びてきた。

その足で神田へと向かう。

蔦屋がある通油町へと辻を曲がった。最初にあの武士に会ったのも、この先の道だったな……。

壱之介はゆっくりと見回しながら、歩いた。

その目をあっと、留めた。

書肆の店先に、探していた姿があった。

並べられた本を手に取って、手代に向かってなにやらしゃべっている。と、その顔を左右にも向けた。客らにも聞こえるように話しているのが見て取れた。

やつだ……。壱之介は息を呑み込み、そっと近づいた。

尖った顎を上げた話し方は、蔦屋で見たのと同じだ。そして、秋川友之進を愚弄《ぐろう》したあの顔だった。

また、同じようなことを言っているに違いない……。壱之介はそう思いながら、道の反対側を歩いて行った。

武士はその店を離れて、歩き出す。

陽は西に傾き、影はさらに長くなっていた。

武士は茜《あかね》色の空を見上げると、足を速めて辻を折れた。

壱之介は、間合いを取って同じ辻を曲がる。

道をいくどか曲がりながら、武士は海のほうへと向かって行く。

江戸の町は、東が海だ。

壱之介は、武士の背中を見つめながら、道を進んだ。

道は築地《つきじ》に入って行った。
この辺りには大名屋敷の長い塀が続いている。
もしや……。壱之介は唾を呑み込んだ。
と、背後から足音が立った。
足音の主は武士で、早足で壱之介を追い抜いて行った。
「おうい」と声を上げながら、先を歩く武士を追いかける。
「矢口《やぐち》殿」
先を歩いていた武士が振り返った。
「おう、河合《かわい》殿」
振り返った目が、壱之介をとらえた。
しまった、と壱之介は息を呑む。が、素知らぬ顔で、歩を進めた。
河合が矢口に追いつき、並んで歩き出す。
矢口は小さく振り向き、もう一瞥をくれて、顔を戻した。
壱之介はまっすぐに前を見たまま、歩き続ける。
二人はなにやら言葉を交わしながら、進んで行く。
長い塀の先に、大きな門が見えてきた。

二人はそちらに向かって行く。

壱之介は、やはり、とつぶやいた。頭の中で、切絵図が甦っていた。

白河藩の上屋敷……。そう思いながら、門の前を通り過ぎる。

藩主の松平定信は老中首座になってから大名小路の屋敷に移ったが、それまではこの上屋敷が住居であった。

壱之介は横目で門を見た。

二人は脇の潜り戸から中へと入って行った。

門前を通り過ぎて、壱之介は塀の端まで行った。

足を止め、踵を返す。

思ったとおりだったか……。横目で見ながら、門の前を通り過ぎた。

と、背後で音が鳴った。

潜り戸が開いた音だ。

壱之介は小さく顔を向けた。

出て来たのは矢口だ。

慌てて顔を戻しながら、背中に気を集中した。

あとをついて来るのがわかった。

壱之介はごくりと唾を呑み込んだ。どうする……。拳を握りそうになって、それをやめる。もはや、それが見えるであろう所にまで、気配は近づいていた。

平静を装って、壱之介は辻を曲がった。隣の屋敷の裏側だ。勝手門が見えるが、閉まっている。

思わず足が速まる。

と、足音が辻を曲がって駆けて来た。

「待て」

その声に、壱之介は、大きく息を吸った。こうなればしかたあるまい……。

足を止めて、身を翻す。

矢口は刀の柄に手をかけていた。

その目で、射貫くように見つめてくる。

「ふん」と、矢口は息を鳴らした。

「やはりそうか、どこかで見た顔だと思うた。そなた、田沼の残党といた者だな」

壱之介も柄に手をかけた。

矢口が鯉口を切る。

「つけてきたか」

壱之介も鯉口を切った。

「そなた」矢口が刀を抜いた。

「なんの用があってつけて来た」

壱之介もゆっくりと抜いた。

「町で見かけたゆえ、気になっただけだ」

「ほう、気になった、か。何者だ」

「ただのはみだし者だ」

「そうか」矢口がじりり、と踏み出した。

「なれば、斬り捨てても、誰も困らぬな」

言うと同時に、刀を振り上げた。

壱之介は腰を落として、斜めに構える。

「やぁっ」

かけ声とともに、矢口の白刃が振り下ろされる。

壱之介はそれを下から受け、弾く。

弾いた勢いで、刃を振り上げた。

地面を蹴ると、それを矢口の肩の上に振り上げる。

矢口はくっと息を吐いて、横に身を躱した。

その切っ先が、こちらに向く。

突いてくる気か……。壱之介も身を翻す。

矢口の足が地面を蹴った。

突いてきた刃をひらりと躱し、身を回した勢いで、壱之介は相手の二の腕に峰を打ち込んだ。

ぐっと、唸り声が上がり、矢口の足が止まった。

一歩、退いて、壱之介は構え直す。

そこに、大きな音が立った。

勝手門が開き、中から人が飛び出して来た。

「なにごとか」

壱之介は、後ろに下がった。誰の屋敷だったか……。

出て来た武士が近寄って来る。

矢口は、ちっと舌打ちをして、顔をしかめた。刀を納めると、慌てて走り出す。

そうか、と壱之介も刀を納めた。大事になってはまずい……。矢口のあとについて走り出す。

振り返ると、出て来た武士は立ち止まってこちらを見ていた。苦々しい顔には、巻き込まれてはたまらん、という意思が見て取れた。

矢口は次の辻を左へと曲がって行った。

壱之介は右へと曲がる。

そのまま息が切れるまで走って、町の大きな辻で足を止めた。

ほうっ、と息を吐いて、身を立て直す。

ゆっくりと息を整えながら、壱之介は歩き出した。

息が戻ってくると、やれやれ、と顔を肩を下げた。まさか、このようなことになるとは……。

まだ上気の残る顔を振って、壱之介は空を見上げた。

すでに、薄闇が広がり始めていた。

六

江戸城の廊下で壱之介が控えていると、小姓の梅垣がやって来た。

「どうぞ、奥へ」

家斉の居室である奥に案内された。

「不二倉壱之介、参上いたしました」

声を上げると、

「入れ」

と、家斉の声が返ってきた。

座敷の家斉は脇息《きょうそく》にもたれかかって、扇子を動かして招く。

壱之介が腰を落とそうとすると、

「よい、近うに」

と扇子を振る。

はっ、と寄って行った壱之介は、顔を上げて目を見開いた。

立て膝をした家斉の足首に晒が巻かれている。

「御御足《おみあし》をどうかされたのですか」

壱之介の問いに、「うむ」と家斉は顔をしかめた。

「余にまで文武の奨励が及んでな、乗馬の稽古をいたす羽目になったのだが、下りる際に足首をひねったのだ」

「それは、ご災難でございましたね」

眉を顰《ひそ》める壱之介に、家斉が頷く。

「まったくよ。して、またなにかあったか」

家斉が扇子を置く。

「はい、実は少し前に、町の貸本屋である浪人と武士が、諍いになり……」

秋川友之進と矢口のことを話す。

「ほう、その浪人、田沼家の家臣であったのか」

「はい、田沼様が老中を辞して家禄を召し上げられた際に、家臣がずいぶんと去ることになったそうで……」

「ふむ……意次はずいぶんと多くの浪人を召し抱えたと聞いている。その者らがまた浪人に戻った、ということか」

「そういうことかと。して、その折には斬りつけてきた武士がどこの者か、わからなかったのですが……」

壱之介はその後のいきさつを話す。

「なんと」家斉は片眉を歪めた。

「では、その者、白河藩の藩士であったのか」

「はい、おそらく町でいろいろと言いふらしていたのではないか、と推察しております」

「なるほど」家斉は口をへの字に曲げた。

「城中でも噂が人を動かすことがある、と聞いた。広い町中で多くの者らに噂を流せば、世を動かすことができるやもしれぬな」

「はい、そのようなことを町同心が言っていました。江戸の者らは、噂をすぐに信じてしまう、と」

「ふむ、さようか」家斉は扇子を取り上げると、それで首筋を打った。

「なればこの先も、町にどのような話が広まるか、探るのだ。その藩士にも気をつけよ」

「はっ」壱之介は頭を下げた。

家斉は脇息から身を起こすが、姿勢を変えようとして、

「いたた」

と、つぶやいた。

「大事ありませんか」

覗き込む壱之介に、家斉は苦笑で頷く。

「うむ、じっとしておれば痛みもない」

「はぁ。それでは、今月の二十四日は代参となりましょうね」

月命日の家基の墓参は、家斉の不調や役目などにより、若年寄を代参として差し向けることもあった。去年の八月には、家治が危篤となったため、代参を送ったのを思い出す。

「いや」家斉は首を振る。

「若年寄の代参は、形だけで気持ちがこもらぬのは明白。うわべだけで手を合わせても、家基様の怨みが晴れるわけがない」

怨み、と壱之介は口中でつぶやいた。家斉の口から、初めて出た言葉だった。

壱之介はおずおずと口を開いた。

「怨みとは……僧侶か誰かが、そう言ったのですか。怨みで成仏できていない、などというようなことを……」

「いや」家斉は面持ちを歪める。

「しかし、明らかであろう。将軍のお世継ぎが毒殺されたのだぞ」

壱之介は声を潜める。

「はあ、確かに、毒殺した相手を怨むことはありましょうが……」

家斉は、ぱんっと扇子で畳を打った。

「そこよ、怨むのが必定《ひつじょう》。されど、誰が手を下したか、分かっておらぬではないかっ。毒を盛った者もわからぬ、誰が命を下したのかもわからぬままだ。いや、余は黒幕の当たりをつけている、が、証立てはできぬのだ。あの折、いろいろな噂が立ったが、明らかにならずに終わってしまったではないか」

「はい」

頷く壱之介に、家斉は身を乗り出す。

「なにゆえか。将軍の世継ぎが身近の者に毒を盛られたなどと世に知られては、沽券《こけん》に関わるからであろう」

壱之介は黙って頷く。

「そのゆえに」家斉は眉を寄せる。

「急な病とされた。いや、落馬しての落命、という噂も流されたと聞く。真実は闇の中だ。そのような命の終わり方を強いられ、家基様が、ご自身の死を納得されているとは思えぬ。成仏できると思うか」

首をさらに伸ばす家斉に、壱之介は唾を呑み込んだ。激した声を聞いたのは初めてだった。

「確かに……」壱之介が小さく返すと、

「よいか」家斉は扇子を揺らした。

「家基様は誰を怨めばよいか、わからぬままに亡くなられたのだ。となれば、祟《たた》る相手は、世継ぎの座を奪った余であろう」

祟る、と壱之介は喉で言葉を呑み込んだ。そのように思っておられたのか……それを怖れたからこそ、命日の墓参を続けておられるのか……。

壱之介は頭の中で、言葉を次々に並べた。しかし、なんと言えばよいのか、思いつかない。

家斉は壱之介の強ばった顔に、ふっと息を吐いた。

身を引くと脇息に戻して、丸い窓越しの外に目を向けた。

壱之介も思わず、顔をそちらに向ける。

遠くの木の枝が、風で揺れている。

「まあ」家斉が咳を一つ払って、声を戻した。

「二十四日までには足もよくなろう」

自らの手を伸ばして、晒の上から足をさする。

「はい、さようかと」

壱之介は深々と頭を下げた。

家斉の顔を見るのがためらわれ、頭を下げたまま立ち上がった。

城を出た壱之介は、その足で両国へと向かった。

家斉の顔と言葉を思い出すと、眉が寄ってくる。身分が高いほど負うものも多い、ということか……。

歩きながら、それを払うように首を振る。わたしにできることなど、知れている……。

伏せていた目を町のにぎわいに向けると、胸が少し軽くなった。

両国の広小路に入ると、にぎわいはいや増す。楽しげな物見客に混じって、ひもじげな人々も目につく。

飢饉によって江戸に出て来る人の流れは、止まっていない。

壱之介はさまざまな人々を横目で見ながら、水茶屋へと寄って行った。

「らっしゃいまし」

笑顔を向ける赤い前垂れの娘に、壱之介は指を立てた。

「団子を包んでほしい。みたらしとあんこ、磯辺を三本ずつだ」

「はぁい、お待ちを」

娘がひらりと奥へと駆けて行く。

腕を組んだ壱之介は、え、と顔を振り向けた。袖が引っ張られたのだ。立っていたのは、以前、鰻の蒲焼きを盗んだ子供だった。

「おう、そなたか」

子供は壱之介を見上げて、客の食べている団子を指で差す。

「団子がほしいのか。一本、いや、二本だな」

子供が首を振る。団子を指さしていた指を、広小路の隅へと向けた。二人の子供が身を寄せ合っているのが見えた。

「おまちどおさま」

経木の包みを持って戻って来た娘に、壱之介は苦笑を見せた。

「同じのをもう一つ作ってくれ」

そう言うと、受け取ったばかりの包みを、子供に渡す。

子供は胸に抱えると、広小路の隅へと走って行った。

「旦那」娘はにこりと笑った。

「すぐにお持ちしますんで」

赤い前垂れを翻すと、また奥へと駆けて行った。

徳兵衛長屋に入ると、その足で秋川兄妹の戸口に立った。

中を覗いて、壱之介は、おうと声を漏らした。

座敷では、二つの文机が向かい合い、友之進と紫乃が筆を滑らせている。

「お邪魔をしてもよろしいか」

壱之介の声に、兄妹が顔を上げた。

「お、これはどうも、ささ、中へ」

友之進が筆を置いて笑顔になった。

紫乃も「まあ」と会釈をして膝を回す。

「どうぞ。と申しましても狭く……」

いや、と壱之介が上がり框に腰を下ろした。

「ここでけっこうです。団子を買ってきたので、一緒に食べようかと……」

「まあ」紫乃は笑顔で立ち上がる。

「では、お茶を淹れます」

いそいそと戸口脇の竈《かまど》に寄って行く。

壱之介は身体を伸ばして文机の上を見た。

本と紙が広げられている。

「おかげで」友之進が目を細めた。

「紫乃もすっかり元気になりました」

「ええ」紫乃が顔を向ける。

「張り合いができたので、朝、起きるのが楽しくなりました」

ほう、と壱之介は紫乃の横顔を見た。以前はそうではなかった、ということか……。

額の傷に、窓からの陽が差している。

「これで、稼いだら」友之進が膝を叩く。

「書見台を買おうと思うているのだ。机の前に置けば、仕事がしやすくなろう」

「なるほど、それは妙案」

壱之介も真似をして膝を叩いた。

「さ、どうぞ」

紫乃が湯飲みをそれぞれの前に置いていく。

壱之介も包みを開いた。

「や、これはうまそうだ。かたじけない」

友之進はみたらし団子の串を手に取って、顔を近づける。

「兄上、大事な紙に蜜を垂らしてはなりませんよ」

微笑みながら、紫乃も手を伸ばす。

皆で団子を頬張っていると、戸口が暗くなった。人が立ったのだ。

「や、兄上」

吉次郎だった。

「おう、なんだ、今日はもう終いか」

見上げる壱之介に頷きながら、吉次郎が入って来る。と、懐から風呂敷包みを取り出した。

「蔦屋さんから紙を届けるように頼まれたんですよ。渡した分では足りなくなるだろう、と言っていました。お二人に筆耕をお願いしたそうですね」

「ああ、これはありがたい」

友之進は受け取って、包みに礼をする。

「本当に」紫乃も微笑んだ。

「わたくし、申し訳ないことに失敗をしてしまい、何枚かを反故《ほご》にしてしまったのです。足りなくなりそうで、心配でした」

ははは、と友之進が笑う。

「それを読んでのことだろう。さすが蔦重、懐が大きい」

「はい」吉次郎が頷く。

「蔦屋さんは、そこらの人とは度量が違います。吉原生まれだそうですから、歩んできた道が、人並みではないのでしょう」

「吉原」壱之介は横にずれて、吉次郎に座るように示した。

「蔦屋重三郎は吉原のお人なのか」

「ええ」座った吉次郎は団子を見る。

「わたしもいいですか」

「おう、食べろ」

磯辺の一本を渡すと、吉次郎は頬張った。

「詳しくは知りませんが、なんでも吉原の中で生まれて、幼い頃に別の家の養子になったそうで、長じて吉原大門の所で書物を売り始めたって話です」

「ほほう、それゆえ、粋《いき》も張りもあるのだな」

「ええ、江戸っ子の張りですよ、あれは」

粋と張り、通《つう》が江戸っ子の自慢だ。

「武士にはないものだな」壱之介は目を細めた。

「いや、こうして有名な蔦重と知り合えたのも吉次郎のおかげだ」

はい、と吉次郎は胸を張る。

「じゃ、団子、もう一本いいですか」

吉次郎は壱之介が手を伸ばそうとしていたみたらし団子を横取りした。

「しょうがないな」

苦笑する壱之介に、兄妹も笑う。

吉次郎は団子を頬張りながら、紫乃に目を向けた。

「紫乃殿、面立ちが変わりましたね」

えっ、と壱之介は弟を見た。よけいなことを言うな、と目配せをするが、吉次郎はそれに気づかない。

「ああ」と紫乃は額に手を当てた。

「これはわたくしの驕《おご》りへの戒《いまし》めです。なので、隠さずに生きていこうと決めたのです」

「怪我をなさったんですね。そういえば、しばらくお見かけしませんでしたね」

吉次郎が覗き込む。

壱之介は目顔で訴えた。よせ、それ以上言うな……。

が、吉次郎はやはり兄の目配せに気づかないまま、にこりと笑った。

「いや、傷のことではなく、面持ちのことです。前は華やいだ桔梗のようでしたけど、今は凜とした竜胆《りんどう》のようです」

「えっ」

紫乃が、首をかしげる。

吉次郎は笑顔のまま頷いた。

「桔梗の美しさもいいですが、わたしは竜胆のほうが好きです。やっぱり、描きたいなあ」

にこにこと笑う吉次郎に、紫乃と友之進は顔を見合わせる。

壱之介はほっとして、「おう」と弟の肩を叩いた。

「そうか、さすが絵師見習いだ。いや、描かせてもらえるかどうかは別にして、そなたはよい目を持っている」

ばんばんと肩を叩かれながら、

「はい、目は確かです」吉次郎は大きく頷く。

「目、だけですけど」

手にしたみたらし団子を、ぱくりと口に入れる。と、口の周りが蜜だらけになった。

「これ、子供のようだぞ」

壱之介は懐から手拭いを出して差し出す。吉次郎がそれで口を拭うと、蜜はさらに広がって顔にまみれた。

「ははは」と笑い声が上がった。友之進が大口を開けて笑う。

「いや、やはり愉快なお人だ、吉次郎殿は」

隣の紫乃も、ぷっと吹き出して笑い出した。

壱之介は二人の笑顔を交互に見ながら、ああ、と胸の内で思った。田沼家では、このように笑っていたのだな……。

壱之介は城の方角へと目を向けた。

城中では、大口を開けて笑いを放つ者などいない。

しかし、そうか、と壱之介は己に頷いて目を細めた。ここではかしこまらずともよいのだ……。

壱之介はひと息吐いて肩を力を抜くと、同じように笑い出した。

時代小説
二見時代小説文庫

密命《みつめい》 はみだし新番士《しんばんし》1 十五歳《じゅうごさい》の将軍《しょうぐん》

二〇二四年 十 月二十五日 初版発行

著者 氷月《ひづき》 葵《あおい》

発行所 株式会社 二見書房
〒一〇一-八四〇五
東京都千代田区神田三崎町二-一八-一一
電話 〇三-三五一五-二三一一［営業］
〇三-三五一五-二三一三［編集］
振替 〇〇一七〇-四-二六三九

印刷 株式会社 堀内印刷所
製本 株式会社 村上製本所

ISBN978-4-576-24091-6
https://www.futami.co.jp/historical

氷月 葵

密命 はみだし新番士

シリーズ

以下続刊

① 十五歳の将軍

十八歳の不二倉《ふじくら》壱之介《いちのすけ》は、将軍や世嗣《せいし》の警護を担う新番組の見習い新番士。家治《いえはる》の逝去によって十五歳で将軍の座に就いた家斉《いえなり》からの信頼は篤《あつ》く、老中首座に就き権勢を握る松平《まつだいら》定信《さだのぶ》の隠密と闘うことに。市中に放たれた壱之介は定信の政策を見張り、町の治安も守ろうと奔走する。そんななか、田沼家に仕官していた秋川《あきかわ》友之進《とものしん》とその妹紫乃《しの》と知り合うが、紫乃を不運が見舞う。

氷月 葵

神田のっぴき横丁

シリーズ

完結

①殿様の家出
②慕われ奉行
③笑う反骨《はんこつ》
④不屈の代人
⑤名門斬り
⑥はぐれ同心の意地
⑦返り咲き名奉行

次は勘定奉行か町奉行と目《もく》される三千石の大身旗本真木《まき》登一郎《といちろう》、四十七歳。ある日突如、隠居《いんきょ》を宣言、家督《かとく》を長男に譲って家を出るという。いったい城中で何があったのか？　隠居が暮らす下《しも》屋敷は、神田《かんだ》のっぴき横丁に借りた二階屋。のっぴきならない人たちが〈よろず相談〉に訪れる横丁には心あたたまる話があふれ、なかには〝大事件〟につながることも……。心があたたかくなる！　新シリーズ！